LA SEMILLA DE ANU

VOLUMEN I: ANUNAKI

ExLibric

DAVID ROBLES ASUNCIÓN

LA SEMILLA DE ANU

VOLUMEN I: ANUNAKI

EXLIBRIC
ANTEQUERA 2025

LA SEMILLA DE ANU. VOLUMEN I: ANUNAKI
© David Robles Asunción
Diseño de portada: Dpto. de Diseño Gráfico Exlibric

Iª edición

© ExLibric, 2025.

Editado por: ExLibric
c/ Cueva de Viera, 2, Local 3
Centro Negocios CADI
29200 Antequera (Málaga)
Teléfono: 952 70 60 04
Fax: 952 84 55 03
Correo electrónico: exlibric@exlibric.com
Internet: www.exlibric.com

ISBN: 979-13-87944-84-1
Depósito Legal: MA 1696-2025

Impresión: PODiPrint
Impreso en Andalucía – España

Nota de la editorial: ExLibric pertenece a Innovación y Cualificación S. L.

DAVID ROBLES ASUNCIÓN

LA SEMILLA DE ANU

VOLUMEN I: ANUNAKI

1

El despertar

Se podía oír una alarma resonando en una cámara sellada. El sonido irritante se repetía con frecuencia en la estancia de unos tres metros de alto.

Poco a poco, se insinuaba una tenue luz blanca que dibujaba una línea en las paredes de todo el complejo a media altura.

Al iluminarse el recinto con más intensidad, se apreciaban unos acabados ovalados en algunas paredes. Disponía de una gran superficie con diversas salas, pasillos y algunos accesos bloqueados por piedras.

La línea que iluminaba aquel lugar fue cambiando a un tono verdoso y aumentando así su intensidad con otros puntos de luz secundarios.

Se inició un programa en una gran pantalla, encima de unos comandos. Pronto se vio una barra roja con un porcentaje y solo era cuestión de tiempo que terminara.

Conforme iba avanzando la instalación, empezaron a encenderse más paneles y sistemas alternativos, ya fueran de vital importancia o secundarios.

Se empezaba a apreciar el largo pasillo en su totalidad con algunas estancias más, en la parte final con bastantes escombros; seguramente, en algún momento sería todo blanco con ciertas líneas negras con un ligero relieve.

Al llegar al cincuenta por ciento, se pudo oír un sonido estridente; unas luces azules en un laboratorio comenzaron a parpadear. En realidad había tres salas iguales a esa, con diez cápsulas verticales en cada una: sala 1, sala 2 y sala 3. A su vez, en cada cápsula se podía ver un número de referencia y un nombre.

Solo una sala se activó en ese momento. Esta emitió un sonido mecánico mientras el brazo rotor que tenían en la parte inferior emergía de la pared, haciendo posible girar la cápsula. Hasta ese momento se encontraban boca abajo verticalmente y, al terminar de evacuarse el líquido congelante que los protegía, se notó un crujido en la cápsula y finalmente se colocaron de manera horizontal en el suelo.

Comenzaron a dejarse ver unas siluetas de cuerpos en su interior, cinco machos y cinco hembras en cada sala.

En las diez cápsulas parpadeaba una luz azul, exceptuando la número tres, que se había cambiado a morado, y la número siete, que parpadeaba aún en su rojo anterior.

El panel principal iba por 63 %; las cápsulas empezaron a vibrar levemente. Poco después, se abrieron desde la parte de abajo hacia arriba, de forma que una parte de la compuerta se quedaba fija a la altura del hombro, con una máscara conectada que acababa en la boca de cada uno de ellos.

El muchacho de la cápsula número uno se despertó y pudo ser consciente de la situación en la que se encontraba. De forma automática se soltó su máscara y pudo caerse al suelo de una forma más bien torpe.

Después de toser un rato y al coger unas cuantas bocanadas de aire, tranquilizarse y ponerse de pie, observó toda la habitación.

Miró detenidamente a los nueve compañeros aún dormidos que se irían despertando uno después del otro consecutivamente, aunque él todavía no lo sabía y no recordaba ni quién era, ni qué hacía en aquel lugar.

El panel había llegado al 70 % y la cápsula número dos se abrió; en ella había una chica de su misma edad, de unos quince años y desnuda. A su parecer, era más bien de baja estatura, tenía el pelo muy rizado de color azul y un tono de piel pálido.

Al tiempo que él la miraba y se magnificaba de su belleza, se dio cuenta de que en cualquier momento lo miraría y tendrían que comunicarse.

Por fin despertó.

Al salir ella de su cápsula e ir directa al suelo, él se acercó, le acarició el pelo, pasó su mano delicadamente por su rostro, acarició con su pulgar sus labios hasta finalizar en la barbilla. Alzó su rostro unos centímetros para poder contemplarla mejor y pensó: «Es perfecta».

Le agarró el pelo con la otra mano, le giró la cabeza para estamparla violentamente contra la cápsula en repetidos golpes, hasta tal punto que la cápsula acabó abollada, inclinada hacia un lado y pitando.

Mientras agonizaba, miró al muchacho muy asustada; se preguntaba qué ocurría, si ni siquiera sabía dónde estaba o quién era ella como para merecerse un sufrimiento así… y murió con los ojos abiertos.

El muchacho suponía que se irían despertando uno tras otro cada cierto tiempo y no parecía que nadie más estuviera por allí, así que empezó a ver detalladamente todas las cápsulas. Supuso que eran todas iguales, y el laboratorio no tenía nada más aparte de paredes lisas, blancas y hendiduras negras horizontales.

Las diez cápsulas estaban en grupos de dos; al parecer, cada grupo con un individuo de cada sexo, y en la parte de debajo de la cápsula se podía apreciar una referencia de cada individuo. Más tarde averiguaría que eran sus nombres.

Salió del laboratorio y, con mucho cuidado, comenzó a caminar. Aún era algo torpe caminando; además, iba por un pasillo parcialmente iluminado y su vista todavía se estaba adaptando a la luz.

Se dirigió al final del mismo, donde pudo observar una gran compuerta cerrada. Su escueta hendidura apenas dejaba ver su forma rectangular y no pudo abrirla.

Volvió por el pasillo a seguir explorando. Veía laboratorios similares con mesas de estudio, almacenes y bastantes puertas cerradas, donde apenas se veía nada a través de unas ventanas redondas de algunos habitáculos cerrados.

Una sala a la que pudo acceder se asemejaba a un comedor, con cuatro mesas redondas y unos taburetes fijos en cada una.

En la otra había hileras de paredes estrechas de dos metros de alto cada una, con unos archivadores que se abrían horizontalmente.

Ojeó uno que estaba abierto, cinco archivadores en cada estantería; deslizando una chapa se podía buscar en el interior de cada uno.

Infinitamente curioso, agarró cinco libros y se los llevó a un saliente que había en las paredes. «Pesan más de lo que parecía», pensó.

Al apoyarse, se levantó un banco desde el suelo para sentarse y se encendieron un par de luces, aunque no tenía muy claro de dónde provenía la luz exactamente.

Abrió el primer libro y…

El panel llegó al 75 % y la tercera cápsula se abrió. El sonido ya le era familiar, así que dejó los libros donde estaban y fue corriendo al laboratorio. Se notaba más ágil y más consciente de lo que estaba sucediendo, aunque ni él mismo sabía el motivo.

Cuando llegó, se quedó sorprendido: en la cápsula número tres había un muchacho con un aspecto roto. La descongelación no había funcionado; seguramente hacía mucho tiempo del fallo, pero al estar congelado simplemente se veía helado y, poco después, empezó a romperse en mil pedazos por el cambio de temperatura.

Recogió algunos pedazos e intentó «montar» el cuerpo de su compañero por simple curiosidad.

Tiempo después, ese momento le valió para entender mejor el cuerpo humano y su anatomía en futuros estudios.

Al volver a salir al pasillo, se le ocurrió seguir explorando el recinto. Pudo ver otras habitaciones con escombros de metal y piedras en las cuales ni se podía llegar a entrar, aunque sí observó ciertos objetos llenos de polvo e inaccesibles que pensaba intentar recoger en algún momento en el futuro.

Al llegar a la sala de control, intuyó que el porcentaje de la pantalla tenía algo que ver con las cápsulas cuando vio que iba avanzando según pasaba el tiempo, ahora al 77 %, y al sentarse en la mesa de control se sintió muy especial.

Veía muchos botones en el comando principal, aunque no sabía lo que eran ni para qué servían.

Era liso, totalmente negro, con unos textos en ciertos colores que hacían de «zonas táctiles». También se veían zonas para usar toda la mano, que se podían girar según conviniera, y, por último, una aguja que se levantaba verticalmente en una zona del panel, con una protuberancia transparente en la punta.

La luz aún no era continua y se apreciaban interferencias en algunas zonas del habitáculo, pero el proceso de las cápsulas todavía continuaba. Al 79 %, de pronto, hubo un cortocircuito encima de él y se cayó un cable al suelo.

Se levantó y giró sobre sí mismo; pisó un cristal que le provocó un dolor punzante que lo desorientó.

Empezó a sonar otra alarma: había llegado al 80 % y él estaba aún distraído por lo que había ocurrido. De repente apoyó su mano en el panel, clavándose la aguja. Esta le sacó una muestra de sangre y se replegó hacia el panel hasta desaparecer.

Se apagaron todas las luces y la cuenta atrás. Se encendió la hendidura horizontal de las paredes en un color azul y nuestro protagonista se sentó confuso.

En la pantalla pudo ver cómo animales homínidos, parecidos a él, se alimentaban de muchas cosas diferentes, y observar cierta digestión, defecación e higiene.

De repente, se iluminó el suelo; se podían ver ciertas líneas en interferencias que señalaban un lugar. Se levantó muy confuso y, al llegar al comedor, se sentó donde acababa la luz.

En la pared dejaron caer unas tabletas de cereales compactados y un líquido en un cuenco. Se levantó e inconscientemente comenzó a comer y beber, aunque se atragantó un par de veces.

Se abrió una pared, se dirigió allí y pudo observar la función de una rueda en la misma cuando se apoyó sin querer; al girarla, comenzaba a caer agua de la parte de arriba, aunque aún no era el momento.

Acabó en la esquina de esa nueva sala duchándose casi sin darse cuenta y se puso una prenda de una pieza, de color blanco y solo con un hombro sujeto; tenía un brazo al aire y, finalmente, un calzado muy cómodo. Esta vestimenta se la iría cambiando siempre que fuera a esa zona a ducharse.

Intentó volver a la biblioteca, pero parecía que las luces tenían otros planes; lo guiaron hacia el laboratorio donde empezó todo. Según lo que intuía, necesitaba iniciar de alguna forma el proceso nuevamente, pero lo dejaría para más tarde.

Pasaron aproximadamente tres días; aparentemente, el despertar de sus compañeros seguía aplazado por alguna razón.

Comenzó a darse cuenta de que necesitaba descansar urgentemente. Se sentía adicto a la información que le mostraban, pero fue a la cápsula, la puso horizontal y se acostó.

Con el paso del tiempo fue haciéndose unas rutinas de vida, las cuales empezaron pronto por el ejercicio. Intentó correr por el pasillo cientos de veces al día, conforme tuviera energía y tiempo para distraerse y compaginarlo con sus enseñanzas.

Había visto en simulaciones toda clase de seres vivos y su función en un ecosistema. Tierra, plantas, insectos y toda clase de animales seguían una conexión necesaria para que existiera un equilibrio en la vida.

Por otro lado, pudo ver lo hermoso y devastador que podían ser los procesos naturales de un planeta: huracanes, tornados, tsunamis, aludes, terremotos, volcanes, tormentas eléctricas, altas y bajas temperaturas. También, siendo así, su posible belleza indescriptible; la otra cara de la moneda: ver los colores formados por los cuerpos celestes en el cielo, según fuera de día o de noche, y, en el caso de tener la oportunidad de ver un cielo despejado de noche, contemplar todas las estrellas visibles desde ese punto.

Sus conocimientos se basaban en observar y poco más hasta ese momento; ni siquiera había salido aún de su habitáculo, ni había observado nunca nada de lo visto en la pantalla de una forma real.

Unos meses después, empezaron a mostrarle cosas más complejas, empezando por el *big bang*, la formación del universo, la creación de estrellas y, en concreto, de la estrella de ese sistema solar en el cual se encontraba él.

Seguía sin comprender muchas cosas, pero de alguna forma lo comprendía mejor de lo que él pensaba.

Pudo ver que cada planeta de ese sistema solar y sus lunas se habían formado de muy diferentes maneras y que eran completamente distintos unos de otros.

Ese planeta, como otros muchos, soportó la caída de varios cientos de meteoritos, así como la colisión de otro planeta, Theia. Dicha colisión formó la Tierra definitiva. Los restos de ambos planetas, con la propia gravedad, formaron la Luna, el satélite natural de su actual planeta, que en ese momento se encontraba muy cerca de la Tierra.

Cuando empezó a ver que la Tierra se enfriaba (todo esto en una simulación), decidió levantarse para volver a la sala de las cápsulas; una vez se alejaba de la sala, se apagó el monitor y volvió la luz tenue.

2

El huevo

Podía ver cómo habían vuelto al estado de congelación y todo parecía en orden, menos la cápsula siete, que seguía parpadeando.

Entró en los otros laboratorios y pudo ver que eran exactamente iguales, con diez cápsulas en cada uno. Había algunas que habían dado fallos en algún momento y también parpadeaban. Las instalaciones estaban en un espacio rectangular de grandes proporciones; las salas más exteriores tenían una forma algo curvada, pudiéndose modificar para dejar ver accesorios, ayuda robótica o comandos necesarios.

Varias salas fallaban, tenían escombros o directamente tenían la puerta cerrada e inaccesible.

Se dirigió a la biblioteca como en otras ocasiones y siguió observando libros sin entender nada de lo que ponía. Su inteligencia, aparentemente avanzada, pudo observar que las palabras cortas se repetían más que las largas, pero poca cosa más.

Volvió a abrir la cápsula dos, en la que había dejado a la chica. Al parecer se conservaba bien, aunque empezaba a desprender un fuerte olor; decidió sacarla de allí y dejarla en una sala médica.

De alguna forma, se sentía atraído por ese cuerpo ya fallecido y descompuesto; no entendía por qué. Había visto copular a los homínidos y suponía que lo haría algún día, pero no era capaz de entenderlo en ese momento.

Él observaba cada centímetro de su cuerpo, la palpaba e introducía los dedos por donde podía.

Examinó los cajones de la enfermería y agarró un bisturí; era de metal y tenía una protección en la hoja de corte. Se dispuso con mucho cuidado a hacerle cortes, se dio cuenta de que ya no brotaba la sangre de la misma forma y había cambiado el color de su piel, ojos y otras zonas del cuerpo.

Realizó cortes en todas las zonas posibles y, después de un buen rato, soltó el bisturí y retrocedió unos pasos para observar la visión dantesca de lo que acababa de hacer en esa mesa. Decidió ir a ducharse como otras tantas veces y, como siempre, se puso ropa nueva. Al día siguiente le llamó la atención que el cuerpo aparentemente había desaparecido y se había limpiado todo.

Tiempo después, un año para ser exactos desde que salió de la cápsula, ya había visualizado la creación y evolución de la vida hasta la actualidad; presenció la deriva continental (Pangea y su fracturación), entendiendo que los continentes de la Tierra ya tenían gran separación, la suficiente para estar aislados cada continente de los demás en su mayor parte.

Una vez acabada la vida y creación de la existencia de ese universo, empezaron a llegarle flases de luz mientras miraba la pantalla. Un rato después, empezó a oír también sonidos, aunque no sabía de dónde venían exactamente.

Hasta ese momento no había oído otra voz ni hablado con nadie en ningún momento, así que estaba emocionado al oír un ente que le hablaba.

—¿Anu? Si me oyes, no te asustes. Estás engendrado para poder entender mis palabras con unas descargas en tu mente; si no entiendes algo de lo que te digo, tranquilo —dijo Gaia.

Lógicamente tenía muchas preguntas. Para empezar, repitió el nombre de Anu varias veces para sí mismo y luego lo dijo en voz alta.

—Yo soy Anu… ¿Quién eres tú?

—Sí, eres Anu, proyecto semilla 1, cápsula 1. Yo soy Gaia. Tienes muchas cosas que aprender. Por lo visto, solo estás despierto tú y no sé cuál es la razón ahora mismo, pero lo averiguaré. De momento, seguirás la lección y hablaremos pronto en el futuro.

Al momento se volvió a encender la sala; todo volvió a la normalidad y pronto seguiría la lección en la pantalla, pero Anu se sentía mareado, le dolía la cabeza y oía un zumbido. Se levantó y se dirigió a la habitación de aseo; como otras tantas acciones del habitáculo, pasando la mano en ciertos sitios aparecían ciertas cosas, en este caso un grifo y una pila estrecha. Abrió el agua y se la echó despacio por toda la cara un par de veces. Meditó la situación e intentó tranquilizarse por la emoción de la nueva etapa que se le presentaba a continuación.

Regresó a la pantalla y se inició la nueva lección; presentaba ciertos comandos de su alrededor sencillos y lo que significaban. Después de unas veinte acciones demostradas en la pantalla, empezaron a abrirse y cerrarse ciertas compuertas de la habitación, pasillo, ventilación, luces, etc.

Señalando tras de sí cada zona que tenía que tocar de los comandos, para activar dicha orden.

Al abrirse la compuerta del final del pasillo, Anu se giró acelerado y notó un cambio de aire en el pasillo.

Podía ver zonas diferentes a lo lejos, pero no duró mucho y se cerró; aunque ya sabía cómo abrirla, intentó tener paciencia y seguir observando.

Días después, empezó a probar todo tipo de operaciones con los comandos; en el comedor ya sabía elegir lo que quería comer, podía cambiar el color de la ropa, podía informarse sobre las cápsulas, había confirmado que había en principio cinco machos y cinco hembras en cada sala semilla.

Pudo averiguar que ciertas zonas del suelo se podían levantar y recorrían todo el habitáculo limpiando el suelo con vapor, generalmente cuando él dormía.

Seguía aprendiendo cosas simples, pero esperaba impaciente el momento de cruzar la puerta y sería algo que tendría que hacer pronto.

La pantalla, poco a poco, empezaba a relacionar las imágenes con sonidos e incluso alguna melodía, aparentemente incómoda, que le ayudaba a concentrarse por alguna razón.

Las matemáticas le parecieron fascinantes; lo primero que se le ocurrió fue contarse sus extremidades: tenía dos piernas y dos brazos, tenía treinta y dos dientes.

Después de contarse los dientes, observó su brazo, su mano para ser más exacto, y empezó a palpársela con su otra mano.

Se la estrujaba con tanta fuerza como pudo resistir; pensó que tenía dientes por dentro del cuerpo alargados, esos doscientos seis huesos, que acabaría aprendiéndoselos de memoria.

Mientras seguía observando la pantalla, alternando biología, matemáticas, astronomía, medicina, arquitectura, recolectar comida, cazar, pescar, filosofía, etc…. todo de una forma muy simple y sencilla, prácticamente una orientación básica.

Él se palpaba los dedos y contaba; tenía cinco dedos en cada mano y, sin contar el pulgar, tenía doce falanges que vio muy útiles para calcular cosas.

Cada cifra de doce la añadía en su otra mano levantando un dedo y así, sucesivamente, hasta sesenta.

Uno de tantos controles que aprendió a usar fue una máquina que marcaba la piel; se le ocurrió un símbolo que pudo dibujar usando su imaginación en un monitor del laboratorio y se lo hizo en el hombro que tenía al aire. Era una especie de estrella de cuatro puntas dentro de un círculo.

En ese momento, comenzó a combinar su ropa entre el dorado, en un material más resistente, con ropa más fina en la parte de abajo de color blanco; lucía también una hombrera donde tenía el tirante.

Una mañana, después de asearse, pensaba dirigirse a sus ejercicios como hacía a diario en su rutina. Una de las salas habilitadas recientemente era para ejercitar el cuerpo; existía una cinta para correr que podía descolgar como una puerta y bajar el extremo al suelo. También había pesas y otras máquinas de ejercicio, pero, por desgracia, estas no funcionaban.

Cada vez que salía de allí, se giraba mirando a la puerta de salida y sentía atracción por averiguar qué había allí fuera.

Cuando acabó, fue a tomar una comida ligera, después reposó un rato y decidió probar suerte; se acercó a los comandos e introdujo el código de símbolos para abrir la puerta: esta se encendió con un hilo de luz azul en un lateral.

Se acercó a la puerta y pasó la mano por un lado, abriéndose casi al instante. Se podía ver un ascensor a la izquierda, aunque él pensaba que era otra compuerta, y un pasillo que continuaba más ancho que el anterior y, a la derecha, una sala con diez asientos y tres monitores en la pared.

Continuó por el pasillo y vio otras habitaciones con escombros e incluso algunos que entorpecían el paso. Sin dedicarle demasiado tiempo, apartó varias piedras y algunos hierros que molestaban el paso para continuar.

Siguió andando y empezó a darse cuenta de que el ángulo del pasillo era inclinado; siempre lo había sido desde el habitáculo original e iba girándose a la izquierda poco a poco. En realidad, era una pista de que todos los escombros estaban en el lado derecho del pasillo para lo que acabaría descubriendo.

Encontró laboratorios con plantas que recolectaban oxígeno de ellas; estaban en una especie de invernaderos y algunos brazos mecánicos las manipulaban. Había depósitos de agua con unos grandes caracoles y otros seres marinos, que, al parecer, limpiaban el agua; eran depósitos muy grandes y aparecían de vez en cuando ciertos peces que parecían servir de alimento.

Existían también campos de cereales que emergían dentro de círculos que rotaban una fuente de calor, aprovechando así el espacio. También otros muchos cultivos; algunos de estos ambientes funcionales estaban estropeados o simplemente muertos, con luces rojas parpadeando.

Llegando a otra compuerta, pensó que debería ir volviendo para seguir con su instrucción, pero decidió continuar un poco más.

Al abrir, pudo ver que la limpieza y blancura de las salas anteriores habían pasado a ser unas zonas metálicas, oscuras y con algunos charcos en el suelo.

Continuó caminando y había llaves redondas muy grandes, que no podía girar con sus propias manos; se le ocurrió que servirían con algo relacionado con el agua, ya que un par goteaban de forma continuada.

En algunas zonas había escapes de vapor, más escombros y una gran piedra que bloqueaba el camino. La observó un buen rato; era muy grande y sólida, se hizo sangre dándole un puñetazo, así que se resignó y volvió a su habitáculo.

Tiempo después, continuó con las clases, pero esta vez desde la sala de estudio, donde no se encontraba tan cómodo como en donde solía estudiar, pero era un lugar más interesante. Podía poner informaciones diferentes en los tres monitores y así aprender cosas de una forma más intensa: ecuaciones diferenciales, medicina avanzada, física básica, etc.

Le resultó muy interesante los tipos de energías que existían: energía eléctrica, lumínica, mecánica, térmica, eólica, solar, nuclear, cinética, potencial, química, hidráulica, sonora… y, sobre todo, la que usaba esa instalación: unos cristales que almacenaban y distribuían la energía por todo el recinto.

Unos meses después, continuaba como cada día, estudiando y descubriendo más cosas de su entorno; aún no había cruzado la puerta del ascensor, todavía no había averiguado cómo abrirla.

Su instinto le guiaba a seguir instruyéndose y dejar en segundo plano todo lo referente a intereses personales, pero él sabía que acabarían entregándole todas las respuestas que buscaba.

Los dieciocho años llegaron; ahora disfrutaba de otras distracciones, como problemas y puzles que le proponía Gaia para aprender a reparar sistemas electrónicos de la nave o realizar simples mantenimientos. Pudo aprender a componer música con un teclado del panel de información y le hacía muy feliz trabajar en ello.

Su estado físico había mejorado y podía notar cómo sus músculos se iban desarrollando cada vez más.

En una sala acuática también estuvo nadando, buceando y ejercitando sus pulmones.

Se interesó por cada rincón del habitáculo, se informaba de cualquier cosa con el panel y podía ir a examinarlo realmente en el invernadero o en cualquier laboratorio.

Había empezado a leer, aunque era algo en desuso por lo que parecía; él lo encontró reconfortante, tenía toda clase de información que era más sencilla de transmitir y, sin embargo, siempre acudía a leer varias veces a la semana.

Como en los anteriores casos, notó como si le activaran esa noción con más zumbidos y alguna náusea que le hizo marearse en más de una ocasión; parecía que se le abrían zonas del cerebro para poder aprender más conocimientos forzadamente.

Una de las cosas que menos entendía eran las relaciones sociales, por lo que parecía que tendría que echar de menos a sus iguales; debería tener amigos, familia e incluso una pareja sexual.

Pero no era así, aunque sí había tenido desahogos personales en su tardía etapa de pubertad, pero no pasaba de ahí su deseo.

3

Gaia

Un buen día se despertó y estaba todo negro, con los salientes de las paredes encendidos como otras veces, y se dirigió a los comandos centrales. Una vez allí, se sentó para empezar a escuchar a la única compañía que había tenido durante aquellos tres años, comenzó a hablarle y Anu le dijo que se callara.

Hubo un silencio y Anu habló.

—A partir de ahora quiero que me hables en un tono más delicado, supongo que femenino, aunque no tengo muy claro si se puede decir así. Además, quiero saber cuál es exactamente el objetivo de todo esto, saber quién eres tú y qué pasará en el futuro. Tengo la necesidad absoluta de controlar mi destino y no puedo depender de las cosas que me ordenes, por un bien superior, excepto el mío propio.

Empezó a hablar presentándose como Gaia; era una nave semilla y su función era la de crear vida inteligente para que los conocimientos perdurasen en otros mundos.

A Anu le agradó el tono con el que le hablaba ahora; era de una chica joven y agradable, le parecía más receptiva que la voz anterior, aterradora. Después de una pausa, pensando que diría algo más, Gaia continuó.

—Una nave semilla es un vehículo que puede transportar a cualquier cosa a una distancia indeterminada dependiendo de la energía contenida o el destino elegido. Vosotros treinta sois parte de tres proyectos de semilla. Cada grupo de diez liderará una expedición llegada vuestra madurez física y de conocimientos, con un equipo propio de factores muy variados, para crear vida en gran cantidad y colonizar este planeta.

Los ojos de Anu se cerraron y se quedó en silencio. Empezó a sonreír y continuó.

—¿Puedo despertar a mi proyecto cuando quiera? ¿Puedo cambiar alguna misión de las acordadas? ¿Me puedes decir de dónde venimos?

El monitor se encendió y, en una esquina de la pantalla, aparecieron diez informaciones en grande y otras veinte en pequeño.

Gaia repasó el estado de todas las cápsulas y le explicó que el grupo 1 era la misión principal semilla; debido a la complejidad de la misión, en muchos casos el grupo semilla 1 instruía al 2, o al menos se podía apoyar en él para lograr la misión en dos generaciones y, en caso de emergencia, usar el equipo tres. Lo importante en este caso es instruir a la generación nueva con la experiencia obtenida, ya que pueden salir muchas cosas mal.

Podía fallar el proceso de hibernación y morir durante el descongelamiento; algún sujeto semilla podía tener defectos mentales o físicos, o, en el peor de los casos, brotes sicóticos y matar a sus compañeros.

Hubo un silencio muy largo. Anu se levantó y fue a caminar en la extraña iluminación para pensar. No quería ser igual a nadie; él se sentía único, capaz de liderar cualquier situación, y no pensaba cambiar de idea por nada de lo que le dijera Gaia.

Se acercó al monitor y le dijo que prosiguiera. Gaia continuó con sus respuestas, recalcó que mientras hubiera un proyecto semilla vivo y consciente, se podía manipular cualquier situación o explicarle cómo hacerlo, pero podría tener consecuencias fatales.

La información del origen de la nave era desconocida; era un sistema de seguridad para la misión. Así, en caso de que quisieran regresar a su planeta de origen, no podrían hacerlo. Anu siguió haciéndole varias preguntas, pero concretó cuál era la situación de la nave: quería saber su tamaño, superficie y dónde se encontraba en ese planeta.

Gaia le explicó que la nave estaría enterrada en algún lugar o quizás incrustada en una montaña; había muchos sistemas que fallaban, sobre todo del control de la nave.

Le mostró que tenía forma de huevo, descripción similar a la forma de reproducirse de varias especies, y le hizo una representación del objetivo de la nave.

Anu le indicó que quería abrir el ascensor y a dónde aparecería.

Gaia le aconsejó no salir, ya que él era el único semilla despierto y podía peligrar la misión si no volvía.

La paciencia de Anu estaba empezando a acabarse y le exigió abrir el ascensor para salir al exterior. Gaia le prometió hacerlo, pero quería hacerlo funcionar vacío para saber si la salida funcionaba.

Él se negó; quiso salir, así que se dirigió al ascensor y este se activó.

Una vez dentro, Gaia le dio algunos consejos para salir al exterior. Desconocían si estaban en terreno llano o en cualquier otro lugar; lo único que sabían era que no estaban bajo el agua.

Le indicó que cualquier alimento que pudiera obtener de plantas, árboles o raíces podría ser comestible o no, por lo que debería ir con mucho cuidado.

Si no pudiera volver a la nave o si estuviera alejado durante bastante tiempo, sería necesario que cazara alguna presa y la abriera, vaciara, desollara y cocinara al fuego, también con la posibilidad de que no le sentara bien.

Si tuviera acceso al agua, podría intentar cazar algo en ella; lo ideal sería algún tipo de red o una lanza, pero sobre todo, protegerse de cualquier animal en toda situación y evitar enfrentamientos, ya que podrían matarlo.

De la pared apareció un cinturón con accesorios, una mochila que pesaba bastante y un casco con un transmisor.

Vería por primera vez el sol y, según instrucciones de Gaia, podría pasar cualquier cosa. El ascensor se activó y lo único que reconoció del cinturón fue un gran objeto punzante con la hoja plana.

El ascensor se detuvo bruscamente y quedó algo inclinado; se apagaron las luces un instante y empezaron a parpadear. Anu se fijó en que, en la oscuridad, había un hilo de luz que atravesaba el ascensor y se disponía a coger la navaja cuando empezó a oír la voz de Gaia.

—En la mochila tienes un cortador de plasma; solo durará unos minutos, pero será suficiente para cortar la puerta si te hace falta.

Anu golpeó la puerta un par de veces y esta ni se inmutó. Empezó a palparse y agarró el cortador de plasma, el cual tardó un rato en poder accionar; tenía un sensor para regular la intensidad y un botón para accionarlo.

Probó a hacer un corte cerca de la ranura de la puerta, luego profundizó y marcó toda la parte de arriba en horizontal. Después guardó el cortador de plasma y sacó un martillo. Aprovechando que aún estaba caliente, golpeó en tres puntos concretos repetidas veces hasta que un trozo de la puerta se volcó hacia el ascensor y se cayó encima de él.

Estuvo unas horas tendido en el suelo, hasta que despertó con una desorientación propia del golpe y de estar inmóvil.

Pronunció el nombre de Gaia en voz alta y volvieron a encenderse las luces del ascensor, parpadeando hasta quedarse fijas. Se pudo levantar sin muchos problemas al rato y vio que había una forma de salir fuera, pero estaba oscuro; seguramente el sol se habría escondido. Se aupó usando el trozo de puerta como rampa y salió fuera, dio un salto y aterrizó en tierra firme.

4

Exploración

Miró a su alrededor y no se lo podía creer; había un sinfín de estrellas a la vista; él sabía que pertenecían a toda clase de soles y planetas muy alejados, los cuales brillaban con tal intensidad que se podía apreciar a muchísima distancia e incluso otras etapas de la creación del universo que empezaba solo a comprender.

Fijó entonces su vista en la enorme luna, el satélite natural de la Tierra; ella daba la impresión de que estaba muy cerca. De hecho, ejercía mareas que podían llegar a kilómetros de diferencia en el nivel del mar.

Escuchó por primera vez la naturaleza; oía una serie de susurros en el bosque, sonidos repetitivos en algunos arbustos y las ramas crujir por el movimiento de algún animal cercano.

Sacó una linterna del cinturón y la encendió; a continuación, las gafas se ocultaron, se encendieron otras tres luces del cinturón y del casco, y empezó a examinar el terreno.

Por lo que pudo deducir, la nave estaba enterrada; andando kilómetros por ese terreno vio partes de ella que asomaban del suelo de forma irregular. Había vegetación y árboles de todo tipo a su alrededor; intentó no alejarse demasiado de la entrada porque sabía de la existencia de animales y otros peligros.

Recogió algunas piedras medianamente grandes e hizo un círculo; en el centro, otro círculo de piedras algo más pequeñas, y ahí empezó a depositar ramas de árboles que fue encontrándose. Pudo localizar una rama con hojas secas idónea para iniciar un fuego, lo partió varias veces y cogió de la mochila un par de piedras especiales para hacer chispas. En pocas horas había construido un paisaje hogareño en ese terreno que sería el inicio de todo lo que iría realizando.

Esperó al amanecer para decidir qué hacer a continuación e intentó buscar respuestas en las estrellas. Viéndolas más detenidamente, pensó que era lo más maravilloso que había visto nunca; teniendo en cuenta que las había visto mil veces en la simulación, era curioso que sintiera esa sensación en el pecho de grandeza infinita.

Se quedó dormido esperando; cuando empezó a amanecer estaba medio tumbado en el suelo y le despertó la luz tenue que fue calentando su rostro poco a poco.

Se levantó de un salto, contemplando aquel milagro para sus ojos, algo increíble de describir, una combinación de colores con las nubes que jamás olvidaría durante el resto de su vida.

Enseguida se dio cuenta de que le dolían los ojos; le costaba mucho poder mirar al horizonte, así que empezó a mirar a su alrededor. Parecía contemplar agua por casi todos lados, excepto en la dirección de la nave.

Se quedó mirándola, dándose cuenta de que ciertas partes de la nave, rocas y la naturaleza habían dibujado una especie de montaña que la hacían pasar desapercibida.

Rodeó todo el terreno que pudo, pero solo llegó a la costa y la recorrió unos kilómetros, examinando todos los seres vivos que iba encontrándose por el camino con mucho cuidado. Estos animales no se sentían amenazados en ningún momento.

Se acercó a ver un gran pez que aleteaba en la orilla medio deshidratado; procuró cogerlo de la cola para soltarlo en el agua, intentó meterse unos metros orilla adentro y, al lanzarlo, no sintió nada, solo curiosidad científica de si estaría vivo o no.

Justo cuando iba a volver a la orilla, notó un movimiento en la corriente y a unos diez metros se levantó una criatura que avanzaba hacia él. Anu reaccionó rápidamente y empezó a correr de forma torpe por el agua, hasta que pisó un agujero y cayó al agua.

Vio cómo ese animal marino se alimentaba de alguna presa y se observaban mutuamente; decidió coger el martillo y lanzárselo para poder huir del agua, y este le dio en un costado. El animal gimió, se metió en el agua y no lo volvió a ver.

Cuando pudo recobrar el aliento, se levantó y cojeó un rato; decidió que bastaba por hoy y que intentaría averiguar cómo volver a la nave.

Al llegar a las proximidades, escuchó un grito chirriante; se giró y un animal peludo con colmillos y hocico largo se disponía a embestirlo. Después de varias tomadas de aire, Anu alcanzó una rama del árbol más próximo a tiempo de esquivarlo.

Descansó un tiempo algo más arriba del árbol hasta que pudo bajar y, una vez más calmado, examinó la zona de la nave de una forma más meticulosa.

Cada palmo fue revisado, cada grieta, agujero y zona metálica, buscando por las rocas alguna pista de cómo volver dentro, y le llamó la atención que cuando se acercaba a la zona más alta escuchaba interferencias por el casco.

Procuró gritar el nombre de Gaia en vano por si podía comunicarse con ella; dictó todas las órdenes que se le pasaron por la cabeza para poder abrir una entrada, sin éxito.

Examinó lo que llevaba encima y pudo ver un pico plegado; lo extendió y comenzó a incrustarlo en una zona irregular de tierra que se desprendía con facilidad hasta verse la pared lisa metálica.

Pasaron días muy difíciles para Anu; tuvo que usar todos sus conocimientos para buscar una solución y entrar en la nave. Mientras tanto, fue recogiendo frutos, comió grandes insectos y pudo hacer fuego con facilidad con sus accesorios.

Se sentía sucio y desaliñado, pero seguía con vida; no pararía hasta volver a la nave.

Un día despertó y tardó más de lo normal en levantarse; ya había raspado la tierra y algunas rocas de todo lo acontecido a la nave; se veía prácticamente toda ella en los salientes que tenía.

Estuvo ese día sin trabajar, pensando en qué hacer y no malgastar recursos en abrir un agujero en cualquier superficie, con el peligro de que este explotara o algo peor.

Para no perder el tiempo, continuó sus rutinas diarias; caminaba frecuentemente descubriendo animales, se había dado cuenta de que su piel se estaba volviendo más oscura, seguramente por el sol.

Pudo ver una zona de piedras muy extraña y se acercó a verlo mejor; allí había unos huevos bastante grandes en unos nidos de ramas y plumas.

Mientras lo observaba, una sombra surgió por sus pies y se extendía hasta el nido; se giró y un ave de unos tres metros de alto graznó.

Caminaba mientras su cuerpo se ladeaba de un lado a otro; no parecía poder usar las alas, al menos no para volar.

Él daba pasos hacia atrás lentamente hasta que le frenó el nido, y el ave volvió a graznar. Anu no sabía muy bien lo que estaba haciendo, pero fue a coger un huevo y salió corriendo hacia una zona boscosa.

El ave dio un salto, ayudada por las alas prácticamente atrofiadas, y se colocó en su trayectoria. Anu reaccionó y se deslizó por debajo de sus patas, arañándose en el brazo con sus garras.

Una vez llegado al bosque, dejó el huevo y empezó a lanzar piedras al ave; después de acertarle unas cuantas, se limitó a quedarse cerca del nido y seguir pateando furioso por lo ocurrido.

Rodeando el bosque con mucho cuidado, volvió dirección a la nave; al llegar, encendió un fuego y puso el huevo entre tres ramas grandes que pudo arrancar de un árbol seco, en el círculo de piedras que usaba siempre para el fuego.

El instinto de supervivencia era muy fuerte; se había dado cuenta de que podía llegar a hacer cosas que no podía creer por sobrevivir.

Buscó un árbol adecuado para cortar madera, uno joven que pudiera cortar con su arma plana de metal; le quitó las ramas y afiló una punta. Se dirigió a un río cercano bastante caudaloso y, con algo de paciencia, pudo clavarlo en un pez; era más práctico de esta forma.

Fueron pasando las semanas y Anu observó algo interesante: en la zona donde solía comer, dejaba caer los restos en un agujero en la tierra que hizo; de este había brotado lo que parecía una planta que seguramente era de alguna semilla de frutos que cayeron ahí. Estudió botánica en la nave, pero esa zona del terreno era muy rocosa para tener huerto; quizá en el futuro buscaría un lugar más apropiado.

En los siguientes días pudo explorar bastante, evitando manadas de animales, acantilados, pantanos y grandes llanuras donde se veía una presa fácil.

En una zona arbolada le llamó la atención un pequeño animal que caminaba en dos patas irregularmente y se alimentaba de fruta.

Ese ser fijó su mirada en Anu de una forma inocente, pero intensa, lo cual le dio algunas ideas para un proyecto.

Se cansó de esperar y se le ocurrió hacer una locura; volvió al ascensor, preparó el cortador de plasma y pensó detenidamente lo que iba a hacer. Sabía que no le quedaría mucha energía de plasma disponible, así que lo encendió a nivel medio e hizo un agujero cada cincuenta centímetros en el suelo, pared, techo y en ambas paredes del ascensor.

Se quitó la mochila, la dejó en el suelo, flexionó las piernas, aumentó el cortador de plasma al máximo y lo dirigió agresivamente a la mochila hasta que explotó.

Se produjo un ruido ensordecedor; la explosión no afectó mucho a Anu, solo al casco y algunas quemaduras, pero sí partió el ascensor justo por donde él había planeado y dejó resquebrajado el ascensor por el lado contrario a la puerta, con la posibilidad de que Anu recobrara el aliento y bajara por ahí.

El hueco era más grande de lo que él pensaba y pudo acceder a unas escaleras de un lateral, bajando por ellas con mucha paciencia y pudiendo descansar en una plataforma que se encontraba más abajo.

Al llegar abajo empezó a gritar «Gaia» en voz alta y funcionó. Se abrió un trozo de la puerta y entró dentro dando un gran suspiro.

Una vez dentro, se desnudó de camino a la ducha y se desinfectó las heridas; no reconocía su rostro en el espejo y tan solo había pasado unos meses fuera.

Se administró un sedante y se tumbó a descansar durante unas horas; después pudo recuperar fuerzas con una buena comida y aclarar las ideas.

Cuando por fin se sentó en la sala de estudio, llamó a «Gaia» y esta respondió a sus nuevas peticiones.

5

Creación

El nuevo Anu empezaba a dibujarse en su cara y tenía las cosas más claras; ordenó que se modificaran los asientos. Quería uno fabricado en una forma cuadriculada, con un alto respaldo con abrazaderas, y que se emplazara a la vista de los demás asientos, siendo este su lugar para sentarse.

Anu quería los otros diez asientos en cinco grupos de dos, cambiándolos así en cinco asientos dobles con unas bandejas plegables en los laterales.

Hizo varios cambios en la distribución de lo acontecido en la nave y, unas semanas después, quiso interesarse por la genética de la misión, qué era exactamente lo que había que hacer en ese planeta, y Gaia respondió:

—Este planeta reúne las condiciones idóneas para albergar vida. Es uno de los seiscientos sesenta y seis planetas catalogados como «planetas semilla», y la función exacta es crear los especímenes necesarios para que la genética no se degrade con el tiempo. Unos cien ejemplares bastarían para empezar el experimento, pero aconsejo antes despertar a tus compañeros; ya has pasado demasiado tiempo solo y no es parte de tu misión.

El muchacho meditó las palabras de Gaia; era lógico pensar que aún le quedaban muchas cosas por aprender, pero su intención no era tener compañeros, sino tener hijos a los que instruir según sus doctrinas.

Pero sí, era demasiado pronto para empezar su plan y era demasiado joven para acarrear semejante empresa y que tuviera éxito.

—Gaia, quiero aprender todo lo acontecido sobre la psicología, conductas sociales o comportamiento racional de seres inteligentes.

Se aplicó mucho en un tema que no le apasionaba demasiado; más bien, ni lo entendía la mayoría de las veces, pero pudo tener una ligera idea de lo que haría en unos años.

Al cumplir los diecinueve años, Anu era ya un hombre muy bien desarrollado y se sentía satisfecho de todo lo que había aprendido en estos años.

Decidió que era hora de crear seres vivos simples para ir aprendiendo cómo funcionaba el proceso; para ello, decidió prepararse con un completo equipo y salir otra vez al exterior. Al salir, se dirigió a una zona del bosque que no exploró demasiado, pero sí vio de pasada en los árboles un simio diminuto similar al que vio tiempo atrás.

Lo intentó coger de diferentes formas, pero después de arañazos, mordiscos y lanzamiento de heces, decidió cambiar de estrategia. Recogió varios frutos y se los ofreció; no vio que funcionara, así que empezó a comérselos mientras se miraban mutuamente, mientras se le ocurría alguna idea.

El primate se dejó ver algo más; se descolgó de su rama y se acercó de forma curiosa a la fuente de alimento que tenía Anu. Este le ofreció una pieza de fruta y la cogió; comenzó a morderla y, teniendo las dos manitas ocupadas, aprovechó para golpearlo con un palo que tenía Anu escondido, y cayó al suelo desorientado.

Los demás primates saltaron del árbol, se fueron corriendo y gritando de forma alocada. Lo metió en una mochila y volvió a la nave, dirigiéndose al final del todo, en uno de los nuevos laboratorios que había despejado de piedras y que funcionaba parcialmente.

Sacó el simio de la mochila; aún vivía y le costaba mucho respirar. Lo tumbó en la mesa y le hizo un corte con un bisturí, solicitó una jeringuilla para sacarle gran cantidad de sangre y poder secuenciar su ADN para iniciar un proceso de clonación o manipulación genética.

Mientras Gaia preparaba las muestras, Anu se dirigió a la sala semilla 1 donde él despertó; ordenó a Gaia que cambiara el protocolo de la misión semilla 1 por malformaciones en los cuatro, cinco, seis, siete, ocho, nueve y diez, dejando dichos cuerpos para experimentos y prácticas de medicina hasta nueva orden.

Luego ordenó que descongelara el siete (de todas formas, había dado fallo hace años) y que transportara la cápsula al laboratorio genético.

En la mesa de operaciones estaba el paciente de la cápsula siete, semiconsciente y con los brazos, piernas y torso inmovilizados.

Pidió a Gaia que recogiera todo tipo de muestras del cuerpo (cuando aún estaba vivo) y que sintetizara su sangre para poder tener muestras cuando hiciera falta para más experimentos.

Exigió que cruzara el ADN del simio y del paciente siete, analizara los resultados de compatibilidad y creara dos especímenes de edad adulta con la capacidad craneal de 1000 cm^3.

Por datos anteriores, había averiguado que su capacidad craneal era de 3600 cm^3. Empezó a interesarse por los simios de ese planeta desde un principio, pero haría pruebas con varias especies hasta dar con los resultados deseados.

Unas semanas después, volvió al laboratorio; comprobó que había dos especímenes macho en un recinto cerrado comiendo fruta, andaban erguidos y eran prácticamente como él de alto.

Al verle, lo reconocieron y empezaron a observarle con curiosidad, hasta que uno golpeó el cristal.

Mirándolos dentro del recinto acristalado, se le ocurrió que necesitaría ampliar el espacio pronto; fue a un panel y preparó un dispositivo explosivo con detonador para el final del pasillo, donde había una gran roca que bloqueaba el paso.

Dibujó un triángulo equilátero en la piedra e hizo un taladro en cada vértice y otro en el medio; luego puso un explosivo en el medio y se alejó.

Sacudió demasiado la nave para la explosión que era, pero ya estaba hecho; una vez se disipó el humo, se preparó para ver cualquier cosa.

Estaba todo oscuro o no parecía que nada funcionara, y lleno de polvo.

Anu le preguntó a Gaia cuánto tiempo llevaban en ese planeta, y Gaia dijo: aproximadamente cincuenta y tres años.

Se podían ver muchas habitaciones cerradas, con los cristales llenos de polvo; llegó un momento en que empezó a ver insectos y pequeños mamíferos saliendo o escondiéndose en agujeros.

Se empezaba a ver prácticamente todo el lateral derecho de tierra e incluso raíces de árboles; seguramente se podría excavar una salida por ahí.

Ya que esa zona estaba muy dañada, hizo una barrera de aislamiento, generalmente usada para fugas de cualquier clase. Se trataba de una serie de capas muy finas de distintos materiales que iban saliendo del suelo verticalmente hasta aislar el pasillo.

Volvió a los comandos de control y mandó instruir a los simios como Alfa 1 y Alfa 2, dándoles identidad y un objetivo en la vida: ¡cavar!

Meses después, estaban ya preparados para empezar a trabajar; no demostraban mucha inteligencia, pero sí entendían a Anu, cumplían sus órdenes a cambio de comida y cobijo. Se les preparó un habitáculo en la zona aislada; aunque no funcionaba nada, allí se pudo incrementar la energía en esa zona para volver a reparar algunos sensores y ventilación.

Siguiendo con los experimentos, preparó diez parejas de homínidos con diferentes porcentajes de su ADN. En la vez anterior solo tenía un 5 % de semilla mezclado con un 95 % de simio, y los resultados fueron efectivos para una tarea concreta.

Pero necesitaba saber hasta dónde podía llegar: del Beta 1 al 18 tendrían un 20 % de semilla, y los Beta 19 y 20 tendrían un 60 % de semilla y un 40 % de simio.

Todo esto llevaría meses de preparación y, mientras tanto, seguirían excavando un túnel los Alfas; debido a la gran cantidad de salas que había en desuso o por reparar, la maquinaria de la nave se puso bajo las órdenes de Anu y se adaptaron diez zonas cerradas para dejar a los Betas y Alfas.

Exceptuando a los Betas 19 y 20, que convivirían con Anu para otro nuevo experimento. De la sala semilla 1, en la cual solo quedaban seis cuerpos en estado de letargo, hacía tiempo que Anu trasladó las cápsulas a distintas habitaciones; por lo que tenía habitación propia con imágenes elegidas por él, ya que su habitación era normalmente blanca.

Las otras dos cápsulas disponibles, que aún tenían los nombres de sus originales dueños, estaban en una habitación para

Beta 19 y 20; teniendo en cuenta que era un experimento genético, era algo muy amable por parte de Anu que les dedicara esa «normalidad».

Se acercaba Anu a los veinte próximamente y pronto empezaría a ver luz en alguna de sus ideas; el túnel estaba ya acabado y los Betas disponían de total libertad para volver al bosque o ir donde fuera.

La única condición era no atraer a nadie a la nave, y Anu disfrutaba de una entrada, la cual aumentó la seguridad con una cámara, un sensor de movimiento y una zona de congelación por si entrara algún ser peligroso a la nave.

Los Betas hacían diferentes actividades en sus recintos; tenían monitores propios para aprender una serie de conocimientos básicos y poder pasar a la siguiente fase.

Los dos compañeros de Anu, originalmente llamados Betas 19 y 20, pasaron a llamarse Gamma 1 y 2; se parecían más físicamente a él, aunque ellos tenían un color de piel más oscuro y algunas diferencias en la cara, sin contar la forma física mucho más desarrollada.

Pasaron unos días más y Anu fue a hacer una visita a los Alfas, sus primeras creaciones; hacía días que no entraban en la nave y le pareció extraño.

Se enfundó un machete en el cinturón, provisiones y unos silbatos muy efectivos que asustaban a ciertos animales; los había ido desarrollando con el tiempo.

Los acompañó Gamma 1 y 2; ansiosos por salir fuera, fueron encantados.

Al salir, se dirigieron a un árbol concreto que tenía la fruta preferida de los Alfas; de camino vieron un viejo árbol deformado por un crecimiento irregular, con varias ramas rotas y manchas de sangre en un lateral. Anu sabía que algo había ocurrido.

Se acercaron y vieron a Alfa 2 tendido en el suelo con una herida mortal en el pecho; también tenía contusiones en la cara.

Una especie de lanza era lo que le sobresalía del cuerpo, no una simple rama, sino un palo de madera tallado con sumo cuidado.

Visto que los Gamma no paraban de respirar fuerte, exaltados observando su alrededor, les ordenó que fueran al bosque y no volvieran hasta encontrar a Alfa 1; si no regresaban, no era ningún problema, había más especímenes y, de todas formas, vivirían felices ahí fuera, o eso pensaba él.

No había recorrido aún todas las proximidades del terreno total posible, ni siquiera toda la costa, y suponía que existirían muchos peligros aún por descubrir.

Se quedó mirando el cuerpo de Alfa 2 y continuó sin sentir nada; pensó durante gran rato, dedujo que no era alguien importante en su vida, ni siquiera alguien de su especie, pero tendría que pensar en algo digno para su cuerpo y dar ejemplo a los demás.

Al día siguiente, salió fuera con Beta 1 y 2; les hizo cavar un agujero horizontal de un tamaño óptimo para dejar el cuerpo allí. Lo excavaron lejos de la nave, pero debajo de un árbol solitario que tenía vistas al agua.

Usaron unas palas de la nave que, al girar el pomo, se plegaban y hacían de punta para romper piedras. Una vez acabado, echaron el cuerpo; Anu se acercó a ver cómo quedaba y le llamó la atención que había sitio para dos cuerpos sobradamente. Parece ser que pensaron ya en la posibilidad de que llegara el cadáver del otro Alfa.

Esperó unos días y los Betas fueron trayendo piedras, primero a la zona del agujero sin llegar a ponerlas dentro y luego cerca de la nave; Anu pensó que podrían ser útiles.

Por fin, unas semanas después, llegaron Gamma 1 y 2 con el cuerpo del Alfa; estaba muerto de una paliza y parece ser que fue causada por los propios Gamma. Teniendo en cuenta que no pueden hablar y básicamente entienden lo que les ordena Anu, en cierta manera habían cumplido bien la misión, aunque bruscamente.

Lo soltaron en el agujero y se disponían a empezar a ponerles piedras; Anu se acercó cuando Gamma 2 le relató con gestos que se disponían a enterrarlos y, al llegar al agujero, tuvo una sensación extraña.

Contemplar a los Alfas en el agujero y a los cuatro Betas a su alrededor mirándolos fue el inicio de un ritual que marcaría el tiempo de ese planeta; aunque no era la primera especie que lo hacía, seguramente era algo que llevamos dentro y cada uno lo exterioriza de forma diferente.

También observó que alguno de ellos había dejado fruta en el agujero, quizás como despedida; no lo tenía claro Anu.

Los enterraron con tierra, piedras y usando las palas, con bastante delicadeza al alisar la parte superior del trabajo.

Pasaron meses y los experimentos dieron resultados variados e interesantes. Los Alfas se mataron entre ellos por alguna razón; los Gamma 1 y 2 juzgaron y sentenciaron al Alfa sin consultarme, o quizás no tuvieron otro modo de traerlo.

Los Gamma que convivían con Anu se habían convertido en grandes ayudantes; hacían cualquier tarea que se les ordenara e incluso organizaban a los otros Betas.

Algún sujeto Beta había muerto, seguramente por un fallo en el proceso genético; de los dieciocho que quedaban, ahora solo hay doce.

Empezaban a salir con frecuencia y realizar actividades como talar árboles, reunir piedras, recolectar agua y empezar lo que sería un poblado al aire libre; pasaban el menor tiempo posible en la nave y, aunque no estaba lejos de ella, a Anu le extrañó el comportamiento que tenían.

Un día Anu salió fuera; era muy temprano y empezaba a amanecer. Se acercó a la zona de cabañas; las había diseñado uno de los Gamma y, aunque eran toscas, cumplían su papel. Básicamente, habían apedreado el trigo y algo que parecía tierra, aunque despedía un olor muy desagradable.

Hacían una masa y lo iban echando con las manos, formando las paredes. Ya habían acabado tres casas y seguían en ello.

Vio cómo iban cargados con unas hojas muy grandes y la tierra dentro desde muy lejos, así que se decidió a seguir a uno de los Betas. Después de horas de camino, llegaron a un lugar muy verde, con hierba en abundancia y unos animales denominados uros. Por lo que pudo observar, eran muy agresivos y vivían en manadas.

Los Betas recogían sus heces. ¡Eran heces lo que usaban para fabricar las cabañas! Y era sorprendente la distancia que recorrían para recogerlas.

Cada vez estaban más tiempo fuera; estaban creando su propio hogar con total libertad de opciones y materiales.

Por su parte, Anu, que solo salía ciertos momentos a mirar el cielo nocturno, recogía todo tipo de plantas para su análisis y posibles usos; el resto del tiempo estaba dentro de la nave.

Los Gamma no dejaban de sorprenderlo; no podían hablar, pero eso no impedía que usaran ciertos gestos para comunicarse con Anu y poder pedir ciertas cosas del día a día o para proyectos propios referentes a los Betas.

Se acercaba el momento de dar otro paso en su investigación y Anu ordenó a cuatro Betas que se dirigieran en línea recta en un punto cardinal hasta encontrar agua o algo interesante para investigar. Después, si llegaban a la costa, la intentarían rodear hasta encontrarse los unos a los otros y regresar a casa.

Era lógico pensar que eran totalmente prescindibles. Anu siguió con sus estudios de genética y de especies catalogadas en la Tierra; no existía un registro completo de todas las especies, ni tampoco sabía la localización exacta de la nave, ya que muchos sistemas de navegación y de información no funcionaban, eran incompletos o sencillamente tenía que investigarlo él mismo.

Pasaron unos meses y Gamma 1 resultó más útil en los proyectos de Anu que Gamma 2. Este último se sentía más apegado a los Betas y, aunque no era nada preocupante, esto creaba conflictos entre Gamma 1 y Gamma 2. Por lo que Gamma 1 decidió no salir más fuera y vivir en la nave, seguir aprendiendo cosas e instruirse de Anu lo más posible en todos los aspectos.

En total, los Betas habían construido veinte cabañas iguales; aunque les sobraba espacio, podían almacenar cosas o lo que les hiciera falta, secaban pescado, tenían lugares frecuentes donde coger insectos, agua potable, raíces, frutales, etc.

Mucho tiempo después, Anu cumplió veintidós años y, por aquel entonces, el entorno de la nave había cambiado. Debido a que solo vivían allí Anu y Gamma 1, la nave reconstruyó el acceso por el túnel y se reforzó con diversos materiales.

Siempre que la nave modificaba cualquier cosa, aparecían diferentes aparatos de cualquier pared y se movían por unos engranajes a cualquier zona de la nave.

El túnel se volvió blanco como todo lo demás y la entrada parecía parte de la montaña; la nave era ya una montaña.

Todo lo que quiso rascar Anu años atrás lo habían recubierto de tierra mezclada con heces y plantas trituradas, formando una masa sólida al sol; la nave estaba totalmente camuflada.

Un día volvieron tres de los Betas a la nave.

Los Betas que vivían en las cabañas avisaron a Gamma 1; este los recibió con entusiasmo y los guio a la nave.

Los Betas trajeron un simio de otra especie, mucho mayor que el que había encontrado años atrás Anu; era casi igual de alto que los Betas, estaba vivo pero inconsciente y tenía varias heridas en el cuerpo.

El Beta más inteligente de los tres, el Beta 9, intentó explicar lo que había pasado y que uno de los Betas murió a causa de un gran felino; en cierta manera les salvó la vida porque pudieron huir.

Los tres visitantes pasaron a una de las salas de formación para Betas y se sentaron; Gamma 1 les curó las heridas y animó a que se asearan. Una vez pasaron las horas, explicaron con uno de los monitores algunos animales que habían visto: un diente de sable, un moa, gran número de aves en la costa y un grupo de cinco simios en lo más alejado que llegaron; no pudieron rodear la costa en ningún momento, por las dimensiones del territorio.

Después de aclarar la información a Anu, les invitó a descansar esa noche allí y, cuando quisieran, podían ser libres de quedarse o vivir con los demás. Se miraron los tres Betas y decidieron volver fuera.

Ahora mismo había en las cabañas once Betas y Gamma 2; eran doce especímenes independientes y que seguían a sus órdenes si hacía falta, pero Gamma 1, a estas alturas, se veía más como semilla; se sentía superior a sus compañeros e incluso a Gamma 2.

El simio que habían traído fue examinado antes de pasar a la siguiente fase; parecía un macho adulto y con gran fuerza; si no fuera por su estado, sería alguien peligroso.

Anu, antes de acabar ese día, dio las instrucciones a Gaia: extraer muestras del espécimen, sintetizar su sangre, crear diez hembras y diez machos.

Estos diez tendrían 40 % simio y 60 % semilla.

Especificó a Gaia que eliminara las muestras de simio anteriores; no le resultarían útiles en el futuro.

Al día siguiente, Anu se acercó a las cabañas para hablar con Gamma 2; le preguntó cómo llevaban la vida en las cabañas y si hubiera alguna posibilidad de que se marcharan a otra parte de la isla para ser libres, utilizar sus conocimientos para sobrevivir hasta el momento de su muerte. Gamma 2, sin decir nada, se marchó a lo alto de un árbol y lo meditó un tiempo, mientras Anu examinó las cabañas; eran acogedoras y se estaba a una temperatura agradable dentro. Fue un gran proyecto, aunque fuera algo simple para Anu.

Ya estaba amaneciendo y, al final, Gamma 2 decidió marcharse con todos los demás; ya sabían de un territorio apartado con cuevas y podían organizarse en aquella zona fácilmente.

Anu se disponía a volver a la nave cuando Gamma 2 le abrazó y notó su calor corporal, su fuerte olor y un pequeño temblor que daba a entender que le echaría de menos.

En menos de un día recogieron los bártulos y se marcharon, todos menos Gamma 1, que ni siquiera salió a despedirlos.

En unos meses, Gaia pudo crear los veinte Deltas; en este caso los creó más jóvenes. Aunque sí que eran más robustos que Anu, tenían las facciones aún más pronunciadas que los Betas y, en este caso, se les dio 1500 cm³ de capacidad craneal.

Su constitución era más diferente y no disponían de la flexibilidad de sus predecesores, pero Anu sí veía más semilla en ellos.

Comenzó a instruirlos al igual que hizo anteriormente y, en este caso, había dos sexos; decidió ponerlos por parejas con la esperanza de que algún día hubiera descendientes.

Unas semanas después, Gamma se empezó a sentir incómodo con la situación; se le pasó por la cabeza que en cualquier momento sería suplantado o desterrado del lugar.

Llegó un día que le planteó el problema a Anu y este le dedicó una mirada irónica; por un lado, pensaba que no desperdiciaría el tiempo que le había dedicado para deshacerse de él, y por otro lado, no le importaba lo más mínimo su destino.

Al día siguiente, uno de los Deltas intentó romper el cristal y este se agrietó levemente; después de recobrar el aliento, se sentó como si nada. Sucedieron cosas similares regularmente, pero sin incidentes; seguramente sería para llamar la atención de la hembra o algo similar.

Después de año y medio, Anu ya cumplía veinticuatro años; los Deltas seguían instruyéndose, y Anu les sometió a más información que a los Betas.

Intentaba que hicieran expediciones regulares al exterior guiados por Gamma y, extrañamente, hacían todo lo que les mandara; eran muy obedientes, aunque el secreto parecía estar en tener especímenes de ambos sexos. Anu sabía que los simios, al hacerse adultos, se volvían muy agresivos.

Con el tiempo, Anu les dio la opción a los Deltas de seguir viviendo en la nave o vivir en las cabañas; empezaron viviendo solo cuatro fuera, pero al final todos se marcharon. Rara vez volvían a la nave, pero seguían siendo fieles a Anu y Gamma.

Unos meses después, cuando ya se habían habituado a sus cabañas, agrandaron el proyecto.

Construyeron una cabaña más grande como almacén, prepararon una zona con piedras en círculo para la hoguera, algo más grande que el realizado por Anu, y unos troncos alrededor de ella para sentarse. Empezaron a clavar troncos en las zonas alejadas del poblado, rodeándolo todo con el paso del tiempo y dejando solo una entrada que se orientaba a la nave.

Un día, Anu ordenó a los Deltas que empezaran a construir un proyecto; quería a cuatro voluntarios que construyeran un poblado similar al suyo pero orientado al otro extremo de la nave; quería unas cien cabañas.

Estos aceptaron la orden. Los Deltas podían reproducir ciertos sonidos y era más fácil para Anu comunicarse con ellos; al final se unieron casi todos los Deltas para el proyecto.

Meses después, la construcción iba a mitad de camino para acabar e incluso estaban haciendo un muro del mismo material alrededor, una «muralla». De pronto, los Betas aparecieron cerca de donde recogían las heces de uros y atacaron a los Deltas, en este caso a dos hembras.

Les tiraron toda clase de piedras y mataron a una; la otra cayó al suelo y, entre dos Betas, la redujeron a golpes y la violaron hasta que dejó de moverse.

Cuando algún Delta volvió por allí, ya era demasiado tarde; alertó a los demás y se las llevaron.

Gamma pidió a los Deltas que cavaran dos agujeros al lado del montón de piedras de los Alfas que murieron, «irónicamente». Se les enterró ahí y también se les hizo una ofrenda: unos pescados y un trozo de panal de miel, que era lo que más les gustaba.

Fueron colocando piedras encima de ellas y así acabaron el día.

El trabajo prosiguió aunque los dos Deltas sin pareja estuvieron unos días desaparecidos, acabaron de vuelta y continuaron trabajando.

Al acabar la construcción, volvieron a su rutina diaria y Delta 1, que acabó siendo el líder de ellos, le dio la buena noticia a Anu y le pidió algunos favores por el servicio dado.

Se prepararon diversos utensilios de varios materiales: cuchillos de hueso, piedra, cristal de roca, lanzas de madera, cuerdas, piedras cortadas para atar en barras de madera, redes para pescar, etc.

Los Deltas capturaron un uro hembra con cuerdas y, aunque costó mucho traerla al poblado, les pudo suministrar leche habitualmente o, en cierta ocasión, carne.

Los Deltas eran omnívoros, pero Anu les explicó que ocasionalmente podían comer carne. El poblado de cien cabañas estaba listo para ser ocupado algún día por decisión de los semillas.

6

No estoy solo

A sus veinticinco años, Anu continuó con sus estudios avanzados y llegó un momento en que Gaia le recordó que tendría que activar el proyecto semilla algún día.

A fin de satisfacer su curiosidad más que de obedecer a Gaia, fue a la sala semilla 1 y ordenó activar la cápsula 4, que en este caso era una hembra llamada Nammu.

Mientras se descongelaba, Nammu volvió a escuchar la alarma y volvió el 80 % al monitor principal; Anu recordó a Gaia que solo despertara a la número 4 y esta desactivó el porcentaje de la misión, centrándose solo en ella.

Cuando se cambió la luz de rojo a azul de la cápsula, esta se abrió como de costumbre y Nammu cayó en redondo al suelo.

Al abrir los ojos, vio a Anu de pie a su lado, ofreciéndole una toalla.

Gaia le aconsejó que tuviera paciencia con ella; Anu tenía que ponerse en su lugar, comprender cómo se sentía al despertar y lo desorientado que estaba (supuestamente), porque ella sí estaba aterrada por lo que estaba sucediendo.

No sabía dónde estaba, quién era y, por supuesto, qué hacía en ese lugar: duchándose como si tal cosa, viendo a través de los cristales de varias secciones de las duchas a Anu, observándola sin contemplaciones.

Su aspecto era parecido al de Anu: ambos eran pelirrojos y de ojos claros; sin embargo, ella tenía los ojos con un azul más intenso.

Mientras estuvo lavándose la cabeza, notó una presión en el estómago y un dolor agudo durante un instante; abrió los ojos y estaba todo lleno de sangre.

Le había llegado su primera menstruación; más tarde se enteraría del objetivo de ese sangrado.

Unos días después, vista la tensión que había en el ambiente, Anu decidió irse de expedición. Dio órdenes estrictas a Gaia para que Nammu no saliera del recinto y se limitara a instruirse al igual que hizo él.

Se preparó una mochila con provisiones, tubos de ensayo para recoger muestras de cualquier cosa interesante y un machete.

Un par de Deltas le siguieron, de hecho, los que se habían quedado sin pareja. Antes de partir, Anu contempló cómo la vida se abría camino con algunas crías de sus propias creaciones.

Se dirigieron hacia la zona más montañosa sin explorar; en ningún momento Anu había ido en aquella dirección; había que escalar y rodear varios acantilados.

Encontró muchas cuevas; más cerca de lo que imaginaba había un sinfín de cuevas con diferentes tipos de minerales. Estaba convencido de que podría extraerlos con mano de obra.

Envió a los Deltas cueva adentro, cada uno a una diferente, y durante unas horas las examinaron todas. Había algunas a las que era difícil acceder, pero valía la pena; los Deltas usaban linternas del propio Anu para poder ver por dónde caminaban.

En una de ellas, un Delta alarmó a Anu, y este tuvo que subirse con mucho esfuerzo a una de las más difíciles de alcanzar; encontró nueve cadáveres.

Mientras empezaba a examinarlos uno por uno y ver el símbolo de Beta en sus hombros derechos, otro de los Deltas encontró dos más en unos arbustos algo más abajo; parecía que se habían caído, ya que les frenaron varias ramas hasta partirlas.

En la cueva pudo ver que murieron aparentemente sin violencia; se encontraban cada pocos metros, con los ojos ya secos y alguna parte de su cabeza ya pegada al suelo por la descomposición.

Les ordenó a los Deltas que movieran los cuerpos al final de la cueva, incluyendo los dos de fuera.

Pasaron horas y aún no habían salido; Anu decidió coger muestras de minerales, empezó a picar en paredes al azar y fácilmente sacó diferentes muestras.

Unos metros más profundos, también observó que había una zona húmeda en un lateral de la cueva y se acercó a comprobarlo.

Se adentró en la cueva con mucha calma y observando cualquier detalle interesante; al fin pudo oír un goteo a lo lejos. Siguió caminando hacia él y pudo ver un pequeño depósito natural de agua; algunos crustáceos y peces se dejaban ver al moverse.

En la parte de arriba se podían ver estalactitas, y de ellas goteaba el agua con bastante frecuencia.

Al girarse y mirar hacia arriba, Anu se dio cuenta de que se encontraba en una gran sala irregular, con unos montones de huesos en un extremo, seguramente de lo que habían ido cazando.

Anu pudo ver que había una zona muy ancha para poder acceder, que era una continuación de la propia sala, con la parte del techo mucho más baja; seguramente los Deltas sí podrían pasar.

Luego quedaba otro agujero en una pared que se dirigía hacia la parte de abajo.

Ató una cuerda a una estalactita, que en algún momento se unió a una estalagmita y parecía muy resistente; suponía que habrían bajado por ahí los Deltas, aunque no especificó que se adentraran tanto en la cueva.

El suelo y las paredes de la cueva comenzaron a ser bastante resbaladizos; era muy complicado avanzar, pero continuó buscándolos.

Siguió deslizándose de un lado a otro, y en una de las zonas en que pudo apoyarse vio un rastro de sangre reciente; se dispuso a estar alerta para cualquier situación al llegar al suelo.

Cuando estaba a punto de bajar, se frenó en seco y ladeó su cuerpo para quedarse boca abajo y asomarse por el techo para ver la situación a la que se enfrentaba.

Vio un Delta muerto, seguramente de un golpe en la cabeza con algo contundente, y la cueva continuaba hasta un punto en que se veía luz de una antorcha, pero aún estaba lejos. Se posó en el suelo y escondió la cuerda en una ranura que plegaba la piedra, comprobó que estaba muerto y le tomó prestado un garrote de madera que aún conservaba en la mano.

Se acercó al final de la cueva y vio al Gamma 2 en el suelo, con la boca sangrando y un ojo medio cerrado; el Delta estaba de pie, cogiendo del cuello al único Beta que seguía vivo y le rompió el cuello.

Se giró para observar al Delta; mientras Anu entraba en la sala, esta no era muy grande, pero sí alta; llegaba a verse algo de luz en la parte de arriba y había unos grandes mamíferos alados en lo alto.

Se acercó a observar de cerca al Delta y lo miró con orgullo por vengar a su compañero. Al mirar al Gamma 2, este le explicó con gestos lo que había sucedido, aunque ya era tarde para dar explicaciones.

Cada vez tenían que ir a zonas más alejadas a por comida, y donde ellos vivían no era muy fácil encontrarla; intentaban no acercarse a la nave por lo que les había ordenado, y aunque estaban bastante lejos, a dos días de camino, al final tuvieron que probar cosas nuevas y comieron bayas venenosas.

No eran felices y no tenían ningún objetivo en la vida, ya que su creador los había desterrado; Gamma 2 sabía que eran venenosas, pero al mostrárselas a uno de los Beta no hizo ningún comentario al respecto.

Además, vio una traición cuando los Betas atacaron a dos hembras y las violaron… no pudo continuar más; el Delta le dio con el garrote en la cabeza y luego en el cuerpo otras seis veces más, hasta que saltó un trozo del cuerpo por los aires.

Una vez se tranquilizó, el Delta le explicó a Anu que los cuerpos los habían dejado en el acceso limitado de arriba como ordenó, pero oyeron un ruido y decidieron bajar e investigar. Anu se lo agradeció porque pudo averiguar mucha información de lo sucedido.

Cuando volvieron a subir, Anu vio al Delta muy nervioso y, al llegar arriba, le invitó a acompañarle por el acceso donde estaban los cuerpos; le extrañó bastante, pero se desprendió de la mochila y otros bártulos y se adentró con él.

Una vez serpentearon unos metros, el habitáculo se hizo más alto otra vez y pudo ver los cuerpos extendidos en vertical, cada uno con una piedra grande encima del pecho; le explicó que intentaron imitar a su creador, y a Anu esto le hizo mucha gracia por alguna razón.

Pero ya en un hueco oscuro de esa sala estrecha vio un bulto muy raro lleno de hojas; se acercó y empezó a raspar con su machete y cortar una tela totalmente deshilachada hasta ver unos huesos.

Encontró un cuerpo semilla y miró al Delta; este agachó la cabeza. Por lo que parecía, ya lo habían visto y no quería admitir que existía otro creador, así que no dijo nada.

Visto que llevaban una ropa similar (una especie de coraza y tela debajo), reconoció el Delta al verlo: sería alguien similar al creador. Esto, aunque Anu no lo entendiera, era algo que destruiría el limitado entendimiento del Delta hasta volverse loco si llegaba a pensar en ello.

Al examinar el cuerpo, Anu se limitó a envolverlo todo en una pequeña red y lo dejó colgar en su espalda para llevárselo.

Salieron fuera de la cueva; Anu le dijo al Delta que entrara y llenara un recipiente de agua. Podría ser potable, y aunque tenían muestras en caso de emergencia, podrían beber de ahí. Este se adentró en la cueva; Anu puso un explosivo en la entrada para después saltar torpemente, bajando casi precipitándose de piedra en piedra, hasta llegar abajo.

Al llegar al suelo, empezó a correr hasta que no pudo más, y cuando quiso darse cuenta, explotaron las minas dejando atrapado al Delta.

Cuando el eco se silenció y el polvo levantado se disipó, se volvieron a ver las minas; Anu comprobó que la explosión solo afectó a tres de ellas, y decidió que volvería en un futuro próximo a extraer minerales y metales.

Echó un ojo a los restos y pudo asegurarse de que era un semilla similar a él. Tenía un libro envuelto en una tela, de tapas duras transparentes, bastante maltratado, pero se podía leer gran parte de su contenido.

Encendió un fuego allí mismo y quemó los restos del semilla, guardándose únicamente el libro para analizarlo en la nave.

Volvió hacia la nave, esquivando a algunos animales y dando rodeos muy forzados por todo aquel territorio, hasta que llegó a la costa y se posó en la arena a pensar.

Necesitaba respuestas de Gaia; si había más semilla, ella le mentiría con los parámetros de la misión y tendría que averiguar qué ocurrió.

Mirando aquel océano reflexionó un rato; ese día estaba el agua en calma, no había prácticamente olas, y en algún momento tendría que explorar el agua con alguna embarcación que no se hundiera.

Unos días más tarde pudo volver a la nave y vio que, aparte de algún altercado en la aldea, todo iba bien.

Dio la noticia de las muertes de los Deltas que los acompañaba y pudo contar una grandiosa historia donde murieron «luchando con gran honor» para protegerle. Ellos los recordarían siempre, aunque sus restos terminaron siendo devorados por los animales y nunca pudieron enterrarlos.

Los Deltas le comunicaron que Gamma 1 había preparado provisiones, algo para defenderse, y se fue del lugar sin concretar a dónde se dirigía.

Al entrar en la nave, Nammu seguía instruyéndose con Gaia; ella no era consciente todavía de que tenía el mismo nivel de control que Anu en todas las instalaciones. Por desgracia, a no ser que hiciera las preguntas adecuadas a Gaia, nunca llegaría a enterarse de ello.

Después de asearse y comer algo, invitó a Nammu a su habitación; la desnudó y luego se quitó la ropa él mismo.

Los dos estaban desnudos y Anu se sentó en su cápsula, que ya hacía años usaba como cama cuando dormía en la nave. Ella se paseaba por toda la habitación viendo toda clase de imágenes e incluso algún video puestos en las paredes a gusto de Anu.

Nammu ya podía hablar, y el hecho de que Anu estuviera allí desde el principio aceleró muchos procesos de aprendizaje.

—¿Por qué me miras tan fijamente? —preguntó Nammu—. ¿No soy bonita? ¿Tengo algún defecto?

—Eres lo más bonito que he contemplado en mi vida —respondió Anu—. Me gustaría que te tumbaras en mi cápsula boca abajo e intentaras relajarte.

Ella no se encontraba cómoda. Respetaba demasiado a Anu para llevarle la contraria, pero a ojos de ella le doblaba la edad y no sabía exactamente qué iba a suceder.

Empezó a acariciarle la espalda desde el cuello hasta los glúteos, volvió a subir hacia arriba y así repitió varias veces hasta que dijo:

—¿Sabes para qué sirve la función sexual de nuestro cuerpo? ¿Y la diferencia entre sexos?

—Sí, lo he observado en el monitor. Tengo mucha curiosidad por ver cómo es, pero pensé que sería dentro de mucho tiempo.

Le olió el pelo y continuó acariciándole los brazos, las piernas y la planta de los pies; él simplemente pensaba que era perfecta.

—Por favor, date la vuelta —le pidió Anu—. No tengas prisa y terminaremos pronto, tranquila.

Ella se incorporó en la cápsula y se sentó; mirando hacia el suelo, dio un suspiro para luego volver a tumbarse boca arriba.

Al igual que Anu y los compañeros que había podido ver, los semilla eran básicamente homínidos más desarrollados que los que habitaban en ese planeta. Sin prácticamente pelo en el cuerpo, solo en la cabeza, pelirroja y ojos claros. Nammu tenía los pechos perfectos; más bien era atlética y muy bien formada en todos los aspectos, despedía vida por cada poro de su piel.

Anu continuó acariciándola, despacio y con calma palpó cada centímetro de su cuerpo con mucho cuidado.

Pasó su pulgar dulcemente por sus labios, notó el contorno de sus pequeños pezones y acabó acariciándole la ingle despacio.

Después de un rato en silencio, cuando Anu vio necesario, ofreció su mano a Nammu y se la agarró; la invitó a ir juntos a la ducha y continuaron allí el proceso sexual que ninguno de los dos había vivido aún. Ella seguía muy incómoda, pero lo que llevaba dentro de su ser brotaba fuego por cualquier zona que tocara Anu y viceversa.

Cuando Anu despertó, se incorporó y aclaró sus ideas; mientras ella dormía, se dirigió a Gaia y empezó un nuevo proyecto: ordenó crear a cien Alfas, cincuenta machos y cincuenta hembras, con el porcentaje de capacidad craneal de 1500 cm^3 y un porcentaje de 70 % simio y 30 % semilla.

Por ser un proyecto mayor a lo habitual, pasaron dos meses y empezaron a dar resultados. Anu los quería adultos y directamente los envió al poblado construido por los Deltas.

Estos se llamarían Épsilones y su función sería trabajar en las minas y extraer todo tipo de materiales, almacenarlos en depósitos subterráneos que ya empezaban a excavar los Deltas, y lo más importante es que estarían dirigidos por los propios Deltas.

No recibirían ninguna instrucción en la nave; simplemente despertarían, tendrían una pequeña orientación y saldrían fuera. Anu sería el que hablaría con los Deltas para cualquier problema que surgiera.

Mientras tanto, Nammu decidió centrar sus estudios en genética, clonación y biología.

7

Origen

Los años pasaron y Anu cumplía ya treinta años. Su relación con Nammu era más bien escasa; tenían diferentes puntos de vista sobre la misión semilla y, por lo que ella había podido descubrir hasta entonces, Anu estaba saboteando la misión a su forma de ver.

Ya hacía tiempo que Nammu se había tatuado algo en el hombro como Anu; la ropa de las hembras, en vez de tener una hombrera, lucía los dos hombros al aire.

En los poblados de los Deltas y Épsilones veían a Nammu como a una creadora, pero no ejercía ese liderazgo con ellos; se limitaba a observarlos con cariño y curiosidad.

Había llegado a tener ciertos lazos de amistad con algunas Épsilones; por protocolo no podía llegar a tener una verdadera amistad con ellas, pero sí hablaban con frecuencia de las novedades del poblado.

En secreto, y mientras ella dormía, Anu fue estudiando el libro que encontró en la cueva. Su estado era deplorable y necesitó analizarlo con Gaia para hacer un registro digital del texto; tuvo que completar parte del mensaje e incluso saltarse partes incomprensibles por el deterioro de las hojas.

Pudo recomponer una de las páginas iniciales como si fuera un puzle, y podía dibujarse un símbolo cuadriculado irregular que, al escanearlo, Gaia inició algo que hasta ahora estaba desactivado.

La nave cambió de alguna forma: un leve color verde iluminó algunas zonas de la nave y un sonido desconcertó a ambos.

Nammu se despertó, dirigiéndose a la sala donde Anu analizaba el libro con Gaia. Después de unas preguntas curiosas y poniéndola al día, pudieron continuar con el objetivo del libro.

Al finalizar el sonido, Gaia alertó que se activó el protocolo Origen, por lo cual se les daba el control de los miembros originales de la misión, los que pilotaban la nave. Les explicó que, al llegar a la atmósfera de ese planeta, un incidente de origen desconocido provocó una explosión en una sección de la nave y tuvieron que realizar un aterrizaje de emergencia en una zona aparentemente no planeada.

Provenían de un planeta denominado Nibiru.

Su civilización, por alguna razón, necesitaba una serie de elementos que escaseaban en su planeta y exploraba otros lugares del espacio en busca de dichos elementos.

El planeta origen de su especie tenía cientos de miles de años de antigüedad, exploraban el espacio desde hace miles de años y, de alguna forma, no eran exactamente como Anu y Nammu se veían ahora mismo.

—¿Qué quieres decir? —preguntó Anu.

—En proporción —empezó a explicar Gaia— son algo más altos que vosotros dos e incluso que los pilotos que fallecieron. Simplemente os diseñaron para usar menos recursos en otros planetas: menor tamaño, menos espacio, menos energía, menos alimento. Sencillamente, es una forma de ahorrar recursos.

La verdadera misión de la nave semilla era crear esclavos prescindibles, que sobrevivieran sin problemas en el planeta y que extrajeran dichos materiales necesarios... para que, cuando volvieran décadas después, poder recogerlos.

En el caso de este planeta, es rocoso y con gran diversidad de vida animal; es un cuerpo celeste joven por explotar. Estáis aquí para iniciar una posible colonia, explorar, construir y con la posibilidad de crear clones o seres similares para cumplir los objetivos marcados por la misión.

Cuando estuvo a punto de impactar la nave con tierra firme, se escaparon los cuatro tripulantes con cápsulas de emergencia y solo sobrevivió el portador de ese libro.

El nativo de Nibiru se llamaba Utu, disponía de provisiones y medidas de supervivencia para bastantes días y se dedicó a buscar a los otros compañeros para poder incinerar sus cuerpos.

Exploró con una pequeña sonda los alrededores, pudiendo comprobar que la misión podría cumplirse según los parámetros establecidos; solo tenían que asegurar que las semillas se crearan con Gaia y maduraran de forma autónoma por si él no consiguiera estar presente. Al parecer era una gran isla, un pequeño continente en medio del océano, con grandes montañas, minas, ríos, bosques frondosos, diversidad de fauna y vegetación.

La sonda tenía un cristal propio que le daba energía, pero no estaba pensada para analizar a escala planetaria, pero Utu valoró la posibilidad de que sería la única forma de buscar zonas habitables de manera más rápida y sin bajas.

La programó para buscar tres localizaciones idóneas y volviera con la información; quizá hasta que no estuviera cerca de la nave no tendrían los datos.

Los días posteriores, usó una guía de activación de Gaia que tenía en la cápsula de emergencia y empezó a escribir lo acontecido en ese planeta, con la esperanza de que alguien lo leyera en el futuro.

Recogió de la cápsula todo lo que pudiera serle útil y se dirigió finalmente a las minas más cercanas para explorar.

—Fin de la interpretación del texto —afirmó Gaia—. Parece ser que no volvió a salir de las minas y falleció allí, por lo que no pudo iniciar la misión.

—Y si no había nadie a bordo y Utu no pudo volver a entrar en la nave, ¿cómo se inició la misión semilla? —preguntó Anu.

—La información es imprecisa, pero todo indica que en una tormenta un rayo cayó en la nave y esto inició el protocolo semilla.

Era muy curioso para Anu que sus creadores usaran seres manipulados para sus fines, ya que él estaba haciendo lo mismo sin darse cuenta; al tener las herramientas adecuadas y los conocimientos necesarios, siempre se harán desenlaces similares.

En cualquier caso, en algún momento del futuro, dentro de muchos años, volverían y ahí está el punto interesante: no encontrarán lo que venían a buscar, sino todo lo iniciado desde que Anu despertó.

En este tipo de misiones pueden salir muchas cosas mal o diferentes a como se plantearon en su origen.

En el caso de Anu, se preguntó si el que no tuviera interés por sus semejantes o le preocuparan lo más mínimo el destino de cualquier compañero fuera algo normal, o por el contrario él también pudiera ser un fallo en la misión semilla, ser alguien ¿defectuoso quizá?

Aun así, no era más que un dato curioso a tener en cuenta; no veía ningún problema en sentirse así. Es más, lo veía una ventaja evolutiva para tomar decisiones cruciales para sus objetivos.

—Un momento, estaba dándole vueltas a todo lo ocurrido según nos dice Gaia y hay algo que se nos escapa. ¿Qué ha sido de la sonda enviada por Utu? —preguntó Nammu.

—Actualmente está encima de la nave —respondió Gaia—. Lleva ahí varios años, pero solo activando el protocolo podía informaros de ello.

—Muéstranos los resultados en pantalla y envía la sonda a las minas más próximas que están al norte —le pidió Anu—. Quiero saber si las grutas que vi antes continúan a zonas más grandes subterráneas.

Pudieron observar en la pantalla que ese planeta era mayormente agua, aunque al despertar Gaia les mostró ciertos vídeos de cómo era ese lugar; ahora usaban información actual y más precisa.

Sí que estaban en una isla bastante grande, no muy lejos había otro continente y, según estaban observando, se encontraban en un lugar idóneo, ni en zonas muy frías ni en zonas desérticas.

Existía un microclima en ese lugar, algo muy ventajoso para sobrevivir a largo plazo. En las minas, irónicamente, se había extraído sobre todo oro, en grandes cantidades; de hecho, se ha tenido repetidas veces que abrir más depósitos subterráneos de materiales para poder guardarlos.

En cantidades irregulares también habían sacado diamantes, oricalco, hematina, cobre, alabastro, plata; encontraron yacimientos de arcilla y también una cantera de rocas.

En cuanto a los Deltas y los Épsilones, habían existido todo tipo de conflictos, incluso muertos en ambos bandos, pero seguían trabajando y cumpliendo las órdenes de forma organizada.

Se había construido también otra aldea de cincuenta cabañas cerca de las minas, para poder ir turnándose con el trabajo.

También plataformas con ruedas de madera tiradas por uros, para transportar los minerales y, en general, todo seguía cambiando casi sin que Anu fuese consciente de ello. Una mañana Nammu quiso tomarse un día tranquilo junto a Anu, para hablar de algunas cosas sin que otros quehaceres los distrajeran.

Parecía ser que Nammu no podía engendrar hijos y, aunque esto no le preocupaba a Anu, la verdad es que era irónico que la primera semilla de ese planeta no pudiera engendrar.

—Mi cuerpo no puede albergar vida, ni siquiera insertándola podría desarrollarse —afirmó Nammu—. Deberíamos despertar a más semillas y continuar con la misión.

—Primero necesito averiguar más cosas y desarrollar mis propios objetivos —puntualizó Anu—. Eres libre de realizar cualquier proyecto mientras, pero no despiertes a más semillas.

Vista la decepción en el rostro de Nammu, intentó consolarla, aunque realmente a él le daba igual su estado emocional; era conveniente que estuviera receptiva a su situación. Se dedicaron un día solo para ellos, un día de caricias, sexo y hablar sobre el futuro de toda la misión.

Eran muy esporádicas las situaciones íntimas entre ellos; llegó un momento en que ella dejaba de insistir y esperaba a que acudiera él.

Para él solo era un desahogo físico o una forma de manipularla; para ella era generar vida, pero en cierta forma moría con cada cópula porque nunca podría engendrarla.

Llegó un momento en que había demasiada población de Épsilones y los Deltas estaban preocupados; contando descendencia, los Épsilones los superaban en 10 a 1.

Después de pensarlo unos días, Anu salió fuera y organizó a todos ellos; Nammu se sumó al evento y se mantuvo a su lado.

—Os quiero agradecer todo lo que habéis logrado, pero ha llegado el momento de que os marchéis y seáis libres —dijo Anu—. Me gustaría que me recordarais a mí y a este lugar, como también es él donde empezasteis a enterrar a vuestros difuntos y darles una despedida digna. Solo os quiero dar una última orden. Veis esa estrella, es de donde venimos nosotros, y quiero que os dirija a todos hacia un nuevo hogar, recogerlo todo y mañana partir en esa dirección.

Dado que los Épsilones veían a Anu de una forma más respetuosa, si cabe, que los Deltas, ya que era el «creador» y ni siquiera se había dignado a dar prácticamente ninguna orden a ellos —ya que los que solían hacerlo eran los Deltas—, hubo un silencio muy incómodo los instantes posteriores.

Hasta que un Delta se acercó a Anu y le preguntó si quería que se fueran todos o solo los Épsilones; estaban muy desorientados con la orden.

El propio Anu concretó que deberían marcharse todos mañana o atenerse a las consecuencias.

Comenzó un pequeño alboroto con un par de Épsilones y alguno más empezó a mostrar enfado; algunos tenían que explicar a sus compañeros mejor lo que decía Anu y tardaron bastante en entender el mensaje.

Una vez dentro de la nave, Anu y Nammu mandaron cerrar la entrada y fueron al monitor principal. Anu empezó a dar instrucciones a Gaia; necesitaba un brazalete, algo que pareciera parte de su armadura y que no llamara la atención.

Les crearon a Anu y Nammu unas fundas para uno de sus brazos que, al igual que la coraza, eran muy finas y resistentes.

Empezaban en la mano dejando los dedos libres y, sujetando la palma, continuaban por todo el antebrazo hasta el codo.

A continuación de los nudillos injertaron un diamante cada uno de los recogidos en la mina; tenían muestras de ellos en la nave, así como de otros metales para su estudio.

Estos diamantes podían ser parte de un proceso de almacenar energía en el cual estaban investigando desde hace años.

Con algunas partes de la nave destruida, pudo ver en muchas zonas cómo había cristales en ciertos lugares concretos para almacenar energía o distribuirla de un sitio a otro.

Una vez colocado el diamante en el guante, se activó y se escuchó un zumbido leve durante un instante; lo mismo ocurrió con Nammu, aunque el de ella era menor; también le valdría para hacerlo funcionar.

Decidieron volver a salir y se encontraban aún todos fuera, esperando lo que ocurriría a continuación.

Volvió a repetir la orden de una forma más tosca: si no obedecían, su ira caería sobre ellos. A los Deltas les pareció demasiado agresivo su tono y empezaron a rogarle que cambiara de parecer; eran felices allí, eran útiles y siempre habían obedecido sus órdenes.

Alrededor de Anu, cada vez había más Deltas intentando convencerlo, y el ambiente estaba cada vez más tenso; por suerte, contenían a los Épsilones evitando algún incidente.

En el peor momento apareció alguien a lo lejos: era Gamma 1 y traía una pequeña simia de otra especie hasta ahora desconocida; era muy joven y tenía una cuerda atada a su cuello.

Se quedaron todos en silencio mientras llegaban; de vez en cuando Gamma 1 tenía que estirarle de la cuerda, pero era bastante dócil.

Ignorando toda la situación, Gamma 1 pasó a través de todos y entró directamente en la nave para aislar a la simia.

En un momento de desconcierto, un Épsilon saltó con una piedra en la mano con la intención de darle a Anu; este reaccionó a tiempo y levantó su brazo, accionando un dispositivo que lo cambiaría todo.

Una luz cegadora los dejó a todos desorientados, aunque muchos pudieron ver cómo el Épsilon había sido quemado y sus restos cayeron al suelo.

La sorpresa fue general al ver lo que podía hacer Anu, el creador, y este les exigió que se marcharan ese mismo día; les daba hasta que amaneciera para marcharse.

Se acercó a Delta 1, que hasta el momento era el que los organizaba, y le dio las gracias por todo lo que había hecho, pero le exigía que les obligara a irse o habría más muertos. Este asintió con la cabeza y empezó a organizarlo.

Al entrar en la nave, vieron a Gamma, que ya había instalado a la nueva inquilina; se acercaba a ellos y les dijo con signos:

—Este es el último favor que te hago —afirmó Gamma—. Encontré una especie bastante inteligente, mucho más que otros primates. Les robé esta cría mientras estaban cazando; no voy a volver, pero no porque me lo ordenes tú, sino por mi propia voluntad.

—Espero que tengas una buena vida —le deseó Anu—. Podrías marcharte con ellos si quisieras. Creo que les serías muy útil.

—Así lo haré. Adiós.

En unas horas se marcharon todos y se quedó la mente de Anu despejada, unos días de problemas y discusiones.

Teniendo en cuenta que era muy joven, la simia sería, por lo menos, como un Épsilon en edad adulta y, sin embargo, andaba más erguida, se la notaba más curiosa y, teniendo en cuenta lo que le había sucedido, tendría que estar aterrorizada.

La llevaron a la sala médica y le extrajeron muestras de sangre como en otras ocasiones para más estudios. Esta vez, la mantuvieron con vida. Nammu se limitó a estudiarla y hacer con ella algo en el futuro.

Pasaron unos años solos, dedicándose más tiempo a ellos como compañeros; aunque no veían la vida de forma similar, se tenían que apoyar el uno en el otro para superar los obstáculos y pudieron recolectar más muestras juntos de todo tipo.

Al encontrar animales nuevos, siempre los identificaban y ella siempre buscaba la forma de sacarles sangre para sus experimentos.

Sin embargo, Anu dejó de crear a seres inteligentes. Volvió a sus libros e intentó forjar una filosofía de vida. El liderazgo era muy importante para él; aunque no pensaba tanto en los demás, sí que existía un bien mayor como grupo y como sociedad. Tenía que lograr que unas normas las pudiera cumplir cualquier ser racional sin importar quién fuera, para que moralmente no hubiera otra posibilidad de convivir con otros en ese colectivo.

Dedicaba más tiempo a leer libros. Reescribir su historia sería un trabajo arduo y se acercaba el momento de empezar con el proyecto semilla; debía prepararse para ello. Para empezar, muchas lecciones sobre la vida no las podía entender porque aún no había convivido en una sociedad (igualitaria) con miles de personas, ni tomado decisiones vitales por el bien de unos o la desgracia de otros, pero se iba preparando para lo que algún día llegaría.

Para él, las creaciones hasta ahora realizadas no eran sus semejantes, eran inferiores, no eran nada más que «esclavos» para cumplir sus órdenes y totalmente prescindibles.

En el caso de Nammu, sí llegó a vislumbrar la vida de sus creaciones con otros ojos: llegó a ver su felicidad, su violencia y su forma de distribuir las tareas cotidianas.

Comentó en varias ocasiones a Anu que debería haber practicado más con sus creaciones la forma de liderar un grupo con todas sus consecuencias. No como creador solo, sino como líder que espera el bienestar de esa sociedad como uno de sus objetivos.

8

Padres e hijos

Cuando Anu cumplió los cuarenta, se sentía preparado para instruir a otra generación de semillas. Su relación con Nammu mejoró bastante y ella lo amaba en todos los aspectos posibles; lo seguiría hasta el final de sus días hiciera lo que hiciera.

La ambición de Nammu superó la de Anu respecto a la creación de vida, pero esta vez fue en el laboratorio.

Esperando unos años a que la simia madurara, la acabó denominando como sujeto Lucy, le extrajo sangre cada cierto tiempo y muestras varias, siempre sin peligrar su vida.

La clonó varias veces, no siempre satisfactoriamente.

En unos años, pudo conseguir aprender a manipular la genética a voluntad y, creando varios procesos cada vez para un solo objetivo, pudo siempre elegir el embrión más adecuado.

Necesitaba aprender a hacerlo ella sin que Gaia hiciera ningún paso; nunca podrían saber cuánto tiempo dispondrían de ella.

Después de tantos años, Gaia anunciaba serias faltas de energía para todas las necesidades que presentaba la nave, aunque no funcionaba la navegación; al igual que otros factores de la nave, sí que existía un gran gasto energético con el mantenimiento vital de la nave para cualquier cosa que necesitaran.

Anu precisaba que todo estuviera en orden para seguir con su plan, despertar a los semilla, así que procuró informarse de todo lo necesario para aumentar la potencia.

La nave usaba un gran cristal como centro de energía, seguramente de su planeta de origen; el propio cristal podía recargarse
con la energía de las estrellas cercanas.

El Sol era quien podría hacer funcionar la nave si hiciera falta,
pero la zona necesaria estaba enterrada, así que Anu se limitó a
crear otra fuente de energía.

Reunió los diamantes que habían recogido los Deltas y los
puso en placas de oro incrustadas.

Conectó todas las placas a un acceso a la fuente de energía
de la nave y los diamantes empezaron a crear una tenue luz; se
escuchó un gran zumbido para luego ir silenciándose. Unos días
más tarde, Anu le pidió a Gaia que hiciera un análisis de la nave
y, acto seguido, Gaia anunció que la potencia de la nave había
pasado del 13 % al 72 %.

Al resolver la situación, Anu salió de la habitación que había
preparado para usarla de generador temporalmente y cerró la
puerta.

Se dirigió a donde Nammu se encontraba y le preguntó si
estaba lista para activar el proyecto semilla.

Ella asintió, pero le dijo de activar solo a dos de ellos; estos
se acabarían convirtiendo en sus hijos.

Se acercaron a la sala semilla 1 y aún quedaban cinco semillas
congelados. Nammu, lentamente, pasó por delante de las cápsulas
leyendo sus nombres para sí. Al volver, se giró y miró a Anu, para
decir luego en voz alta:

—Gaia, activa las cápsulas 8 y 9.

Seguidamente empezó a parpadear la luz roja hasta que se
puso azul; al instante se abrieron las cápsulas y cayeron dos mu-
chachos al suelo. Anu se acercó y les ofreció la mano a los dos.

—Enki, Enlil, levantaos y seguidme. Tenéis mucho que aprender.

Los dos estaban muy desorientados y se levantaron por inercia propia; aunque no entendían lo que les decía, le siguieron cojeando hasta las duchas.

El semilla Enki era algo más alto que su «hermano», moreno y de ojos azules. Tenía una mirada triste. Su hermano Enlil era rubio con ojos azules y se veía más fuerte que su hermano.

Unos meses después ya estaban preparados para explicarles ciertas cosas.

—Yo soy Anu, vuestro padre, y Nammu es vuestra madre, pero lo más importante es que sois nuestros hijos y tenéis un papel muy importante en vuestra vida.

—¿Cuál es, padre? —preguntó Enki.

—En primer lugar, os formaréis durante cinco años; mi intención es que tengáis aptitudes que el otro no tenga y os compenetréis entre vosotros.

En otras palabras, dejaré en vuestras manos el destino de este planeta cuando yo no esté; existen diferentes formas de vida, como ya iréis aprendiendo, y la que lidera a todas las demás somos nosotros.

Somos los creadores, somos los que decidimos quién vive o quién muere, los que moverán el océano si fuera necesario o los que bajarán las estrellas para iluminarlos.

Iremos teniendo más conversaciones y podréis preguntarme lo que queráis, pero tened en cuenta que no podréis aprender todo; creedme, lo he intentado y la única forma de formaros es dividir el aprendizaje.

Continuaron con su simulación, cada uno en una sala, y Anu visitó a Nammu para preguntarle en qué estaba trabajando.

Ella empezó a formar hace tiempo dos ejemplares nuevos y estaban ya en fase final; mezcló el ADN del Uro y de Lucy, los hizo muy jóvenes y, al sacarlos fuera, tuvieron que sedarlos porque eran peligrosos. Los encadenaron cerca de la nave, uno alejado del otro, cada uno con la cadena rodeando unos árboles. Disponían de espacio para correr o embestir el árbol, sobrándole cadena.

Al ser tan jóvenes, apenas les habían salido los cuernos, pero tenían una constitución formidable, muy fuertes y andaban sobre dos patas. Los minotauros acabaron con los años siendo unos grandes guardianes, pero estamos en el presente; Nammu tenía más proyectos.

Creó cien simios que podían respirar en el agua y los soltó en una pecera, en estado de renacuajo, en el mar, esperando que algún día sobrevivieran y ver cómo serían.

Manipuló decenas de especies por simple curiosidad y siempre los dejaba libres en la naturaleza.

Viendo las ocupaciones de ella, Anu decidió diseñar un vehículo para el agua; comenzó a realizar cortes en cientos de árboles, haciéndoles sangrar resina. Taló decenas de matojos de plantas, de las que podía dejar secar para hacer cuerdas, y empezó a cavar un surco desde la playa hasta unos metros hacia dentro.

Le ayudaron Enki y Enlil, quienes deseaban con gran entusiasmo salir fuera para cualquier objetivo y aprender a trabajar.

Tenía que pasar unos días para dejar sangrar a los árboles y recoger la resina, así que fue a la nave a comprobar el almacenaje de energía provisional que había instalado, y Gaia le comunicó que volvían a estar en niveles bajos, un 20 %.

Y no solo eso: las placas de oro eran inservibles; se habían fundido, por lo que tuvo que forjar otras nuevas. Esta vez usó otra aleación más duradera.

Fue a uno de los depósitos de minerales que guardaban y recogió los diamantes que quedaban. Los cambió todos y, con los nuevos, pudo generarse energía hasta el 56 %.

En el bosque ya tenía localizado un árbol que usaría para talar; era grueso y de las medidas justas que necesitaba. Taló el árbol con cuidado; nunca lo había hecho y fue una experiencia gratificante. Cuando por fin cayó al suelo, se miró las manos y estaban llenas de heridas del esfuerzo. Usó su diamante para disparar a la copa del árbol y esta saltó en llamas; procuró apagarlo y talar los restos que sobraban con la ayuda de sus hijos.

Al principio, marcó con un cuchillo por dónde irían los cortes y las medidas apropiadas para luego vaciarlo.

Hizo un corte en línea recta con el hacha y continuó con paciencia en líneas rectas a lo largo del tronco hasta ir quitando cortezas del interior.

Tuvo que crear espátulas especiales para ir dándole forma a la zona del interior; iba alternando cada zona de trabajo según necesitaba y llegó un día que pudo empezar a lijarlo, y taló dos troncos más para atarlos a los laterales de la barca.

La resina, al cocerla, la procesó según las cantidades dadas por Gaia para su elaboración de una masa impermeable. Al acabarla, empezó a untarla en la madera de forma homogénea y lo dejó secar al sol.

Incrustó dentro de la barca un asiento a medida de unas cuatro personas y una cesta para la pesca. Tenía un mástil con un material fabricado por Gaia para otros fines, pero Anu lo vio útil para usar el aire y ayudar a navegar la barca.

La barca la terminó y solo añadió un par de remos de la nave, de un material resistente que ayudaría a realizar menos esfuerzo por no pesar nada.

Fueron los tres a probar la barca; Nammu se quedó en la orilla.

Al rato de salir a la mar, empezaron a ver peces muy grandes que agitaban el agua moviendo la barca.

Era una situación peligrosa porque no suponían que tendrían compañía tan pronto. Un gran pez saltó cerca y, al hundirse, hizo caer a Enlil, que casi se ahoga. Aparecieron dos animales algo diferentes a la superficie; los peces huyeron y Enlil pudo volver a la barca. Los animales en cuestión no respiraban bajo el agua, tenían un orificio en el lomo para poder respirar y eran muy simpáticos; protegieron a Enlil. ¿Conscientemente o fue fruto del azar que aparecieran allí? Quién sabe. Los denominaron cetáceos.

Desde ese momento, Enlil le tuvo miedo al agua durante un tiempo, pero era lógico después de lo ocurrido.

Los meses fueron pasando; crearon embarcaciones más prometedoras y, junto a sus hijos, las empezaron a diseñar, pintándolas e incrustándoles metales para decorarlas.

Las pinturas que pudieron usar se fabricaron moliendo algunos minerales, mezclándolos con agua y, después de esa capa base, buscaban otros tonos con plantas e insectos.

Los minotauros crecieron y fueron siempre fieles a sus amos; ya no necesitaban las cadenas, pero llevaban siempre el collar para engancharlos por las noches.

Siguieron los experimentos de Nammu; creó tres seres alados mezclando aves y felinos. Debido a pruebas que fracasaron anteriormente, tuvo que hacerlos más dóciles eliminándoles el instinto de caza; de hecho, había que darles de comer, no eran capaces de valerse por sí mismos.

Estos «grifos» eran muy solicitados por Enlil, ya que los montaba sin ninguna preocupación y surcaba los cielos viendo, por fin, cierta información muy importante.

Sí que estaban en una isla, una isla inmensamente grande; se le podría denominar continente, y, surcando el océano por un costado más estrecho, se veía más tierra, esta era interminablemente grande.

A cierta altura, Enlil se desmayaba durante algún instante; sabía que no tenía que subir demasiado y no tenía ningún problema a la hora de volar.

Sin embargo, Enki solo intentó hacerlo una vez y se rompió un brazo al caerse; le entusiasmaba más el mar, salía a pescar muy de vez en cuando y se sumergía sin problemas; había ciertas horas al día en que no existía peligro por los seres marinos que podrían atacarle.

Mientras seguían con su instrucción, pronto llegaría el plazo que dijo su padre; la relación de Anu y Nammu iba mejorando, pronto Anu cumpliría cuarenta y cinco años y empezaba a notar muchos síntomas de la edad.

No tenía muy claro cuánto viviría e intentaba hacerse análisis para comprobar que todo iba bien, pero parecía ser que era parte de la vida.

En un intento de tener antídotos para realizar pruebas de uso y sintetizarlos, Nammu tenía una serpiente en su mesa de trabajo; era una especie muy venenosa, tenía aún los vestigios de las cuatro patas funcionales que debió tener en el pasado.

En un descuido mordió a Nammu y esta cayó al suelo; Enki escuchó el escándalo de cristales rotos y acudió al laboratorio, pidió un diagnóstico a Gaia y esta le informó que le había mordido una serpiente que aún estaría por la zona.

Pidió ayuda y Anu vino en cuanto pudo; preguntó a Gaia qué podían hacer para salvarla y esta les contestó que debía hacerle un corte con un bisturí esterilizado y extraerle el veneno con la boca, intentar escupirlo con rapidez y despejar así la herida de más problemas.

Lo realizaron lo mejor que pudieron, luego desinfectaron la herida y esperaron un tiempo prudente, hasta que Gaia detectó nuevos síntomas de infección; no servía el antídoto del que disponía y se arriesgaba a destrozar su sistema nervioso si probaba algo más.

Los tres se quedaron parados y sin saber qué hacer, hasta que Anu preguntó qué más podían hacer para salvar su cuerpo y Gaia dio la opción de hacerla portadora del veneno de forma natural y así tolerarlo.

No entendía lo que quería hacer, pero dio la orden de proseguir; después de varios pinchazos, unas semanas después, despertó y se encontraba bien.

Tenía un color algo verdoso en la piel y los ojos algo diferentes, pero era ella, estaba viva y era lo que importaba.

Cuando ella se recuperó totalmente, hablaron con sus hijos y les informaron que empezarían el proyecto semilla; habría muchas cosas que aclarar, pero, para empezar, ellos cuatro serían seres más importantes que «los que iban a despertar», y era algo de lo que tenían que estar convencidos totalmente.

Anu se acercó al comando central y ordenó a Gaia activar el proyecto semilla 1, del cual ya solo quedaban tres ejemplares.

Se inició otra vez el porcentaje en el monitor y se podía ver el 80 % otra vez y la alarma estridente.

Al llegar al 100 % se apagó un instante toda la instalación y se reinició todo otra vez sin ningún problema; las cápsulas cambiaron de rojo a azul y se abrieron.

Aparecieron tres chicas; dos se cayeron al suelo, empezaron a toser y la otra se desplomó de una forma extraña. Nammu se acercó a ella y le hizo un masaje cardíaco hasta que volvió a respirar.

Se llamaban Nintu, Ninhún-sinhan y Ki; se dispusieron a seguir a Nammu a las duchas y, mientras tanto, en el monitor central se podía ver cómo un mensaje aparecía en pantalla. Al acabar de iniciarse el proyecto semilla 1, se tenía que documentar los avances, para lo que seguramente los enviaron años atrás en la nave, y parecía que había algún fallo en la conexión; no daba ninguna señal de comunicación y unas horas después se apagó.

Las tres chicas acabaron de asearse y orientarse un poco en la situación cuando les invitaron a ir a sus habitaciones. Una vez allí, como a los demás, se les empezó a instruir para comprender a los demás y empezar a razonar como seres inteligentes.

La semilla Nintu tenía el pelo blanco y los ojos rosas; la piel era muy clara y siempre tenía la expresión escondida por su cabello, solía dejar ver solo un ojo por timidez.

La semilla Ninhún-sinhan era delgada y alta, morena con los ojos marrones; y, por último, la semilla Ki era rubia con los ojos verdes, era una preciosidad.

Pasaron los meses y Nintu formó pareja con Enki; aunque tardaron algunos meses, sí que iniciaron apasionados momentos íntimos cuando se les presentaba la oportunidad.

La preciosa Ki, de naturaleza curiosa, no tardó demasiado tiempo en ofrecerse sexualmente a Anu y, por desgracia, este la violó repetidas veces.

Fue una relación muy física que no duró mucho; meses después apareció muerta en el bosque y decidieron enterrarla debajo de un árbol.

La primera semilla enterrada en la tierra, a Ki se le recordaría como parte de la tierra, aunque nadie comentó la situación con Anu; este simplemente comentó que era muy joven para intentar vivir la vida.

Esas situaciones tienen consecuencias y habría que planificarlas para evitar desgracias antes de tiempo.

La joven Nintu no le afectó su muerte lo más mínimo; era lógico, no la conocía prácticamente de nada, pero sí era compañera suya, de alguna forma lo más parecido a una hermana y aun así solo quería volver a su instrucción.

La otra muchacha, Ninhún-sinhan, nunca llegó a entender por qué había sucedido aquello, con todo lo que tenían las tres por existir y aprender.

En forma de consuelo o por simple atracción, poco después sedujo a Enlil y este respondió dulcemente, de forma cariñosa y afortunada.

Pasaron meses y Anu veía conveniente acortar sus instrucciones; debía empezar a organizarlos para formar una sociedad algún día.

El sexo femenino y masculino tenía sus diferencias; aunque era algo para estudiar varias vidas, estaba convencido de que tendrían que llevar preparaciones paralelas pero diferentes, cada ser sería creado para un fin concreto.

Cuando ya tenía claro lo que iban a hacer ellas, ocurrió un incidente fuera; Enlil y Ninhún-sinhan volaban en grifo y ella se precipitó desde una altura considerable.

Se lanzó Enlil sin pensárselo, aunque no tenía razón de ser; podría haberla recogido con el grifo y, al dejarse caer él, simplemente morirían.

Pero Enlil pudo cogerla y desvió la trayectoria para caer en el agua.

Su hermano Enki se tiró al agua para intentar rescatarlos, aunque era muy peligroso entrar en ese momento.

Sacó a Enlil desmayado del agua y lo tumbó en la arena; luego saltó a por Ninhún-sinhan, pero ya era tarde: estaba siendo devorada por un tiburón y falleció.

Fue una situación que Anu no podía entender; miraba a los demás tristes y afectados, sin embargo, a él le daba lo mismo.

Llegó a pensar que igual le pasaba algo diferente a él mismo, algo que le hacía frío a las relaciones personales.

Decidió que alguien como él no podría dirigir una sociedad y dejaría esa responsabilidad a sus hijos o a otros semilla que despertaran.

Pasaron unos meses en los cuales había un ambiente extraño; Nintu acabó consolando más de una vez a Enlil, aunque cuando lo hacía él la llamaba Ninhún-sinhan. A ella no le importaba demasiado, ya que lo que ella quería era poseer su cuerpo y disfrutar del sexo. En algún momento también sedujo a Anu; por darle morbo, le insistió a Anu que la llamara Ki cuando practicaban sexo, y a este no le importaba lo más mínimo.

El tiempo pasó muy rápido y Anu se acercaba ya a los cincuenta años. Nammu, que estos últimos años se había aislado en sus investigaciones, se reunió con los demás en la sala principal para hablar sobre lo que iba a crear.

—He hablado de esto muchas veces con Anu y tenemos claro que vamos a crear una sociedad de cientos de seres para que aprendan nuestros conocimientos. Hasta ahí lo tenemos claro y ya he dado con la composición genética adecuada para ese fin. He investigado toda mi vida y me gustaría pasar mis conocimientos a uno de vosotros tres algún día.

—Visto que aún no he decidido en qué me especializaré —respondió Nintu—, podría aprenderlo yo si quieres. Además, soy la más joven de todos nosotros y me parece lógico intentarlo.

Entre ellas dos se pusieron a diseñar el proyecto final genético; la nave estaba escasamente en el 13 % de energía y Anu había cambiado varias veces los diamantes estos años para recargarlos sin mucho éxito.

Crearon cien ejemplares llamados Zetas; eran básicamente semilla, un 90 % y un 10 % de varios simios.

Estos Zetas empezaron a producirse un mes después y, desde el primer momento, se criaron fuera de la nave; eran muy jóvenes, pero supuestamente mucho más inteligentes que sus predecesores.

Se distribuyeron en el poblado de cien casas construido unos años atrás por los Deltas. El lugar estaba muy descuidado, ya que estaba lleno de vegetación, y tuvieron que acondicionarlo para sus nuevos huéspedes.

En la plaza central, Anu consiguió picar una piedra en forma plana, un altar para dar una lección a los Zetas; Nintu le pidió si podía iniciarlo ella y Anu aceptó.

Los Zetas observaban desorganizados y distraídos, mientras los minotauros se aseguraban de que no huyese ninguno.

Llevaban unos meses viviendo allí y les habían orientado en lo básico, pero saldrían adelante ellos mismos con los semilla a su lado como seres superiores, y así lo tenían que entender.

Los hermanos Enki y Enlil trajeron un cuerpo, un clon de un semilla fallecido; lo vistieron igual que iban ellos e incluso lo tatuaron. Este apenas era consciente de lo que sucedía; acababan de crearlo y no le iba a dar tiempo a ver ni un solo amanecer.

La joven Nintu le quitó la coraza, la ropa y lo dejaron desnudo, para después clavarle un cuchillo en el pecho. Produjo un grito extraño; era la primera vez que emitía un sonido y, a su vez, era el último, parecía que se ahogaba. Esos segundos fueron eternos, pero el lateral de la piedra estaba lleno de sangre y goteaba.

Luego intentó partirlo con una gran hoja de metal, pero tuvo que acabar Anu el trabajo sucio y lo partió en varios trozos; era una gran carnaza lo allí visto.

Mientras Nammu miraba lo sucedido, sin inmutarse, por dentro estaba moralmente rota por lo que estaba viendo.

Los hermanos se tuvieron que ausentar para vomitar; era importante que los Zetas no vieran debilidad en ellos.

Más tarde, Nammu trajo arcilla que habían recogido previamente; se veía algo brillante y se la dio a Nintu. Esta empezó a mezclar la arcilla con los trozos del «semilla» hasta hacer catorce montones.

Los cinco semilla iniciaron un proceso espiritual que solo entenderían los Zeta, ya que para ellos no significaba nada. Empezaron a escupir saliva en cada uno de los montones. Seguidamente, a turnos, llevaron cada montón como pudieron dentro de la nave y, en unos días, pudieron ver a catorce nuevas creaciones Zeta, iguales a ellos.

El mensaje era claro: ellos eran seres superiores que creaban vida y ellos debían servirles para poder ser dignos de su creación.

Empezaron en las minas a las órdenes de Enki y Enlil; no les hacía gracia la tarea, pero tenían los minotauros para protegerles si hacía falta.

Les entregaron todo tipo de material para extraer metales, minerales y para sus necesidades.

Construyeron grandes hornos para usar carbón y poder trabajar los metales, y otras tantas utilidades que fueron surgiendo.

La nave estaba prácticamente sin energía; solo con un 2 % empezaron a desconectarse muchos dispositivos, luces y prácticamente todo estaba asolado.

En cuanto empezaron a extraer diamantes, pudieron reconectar las placas de oro y dejar la nave al 90 % de energía.

Pasaron los años; los Zetas empezaron a construir cerca de las minas unas construcciones de piedra que extraían de la cantera.

Según las instrucciones de Anu, iba a ser una ciudad, un gran poblado para ellos algún día, y tardaron años en acabarlo.

A su vez, seguían construyendo más poblados como anteriormente se habían fabricado, aunque iban variando los materiales; usaban ahora más calidad en las construcciones, realizaban ladrillos de arcilla y paja molida secados al sol según les enseñaba Anu, y de una forma muy sencilla se cortaban para hacerlos con rapidez.

Una vez secados, se iban colocando con algo más de arcilla extendida y se formaban las casas.

También empezaron con grandes cultivos; hasta ahora siempre hubo zonas con unas plantaciones escasas en unas zonas llanas, pero esta vez se organizaron mejor.

Pudieron seguir la orientación de Enki respecto a la tierra; era necesario tener un árbol en medio del cultivo, este sabía extraer nutrientes de zonas subterráneas y el cultivo podía acceder a dicho alimento con más facilidad, de la misma forma que el árbol ayuda con las aves e insectos para la polinización.

En el lateral de la montaña construyeron escalones para poder cultivar en vertical; llenaron maceteros muy largos de tierra para así ir cultivando en hileras.

Las construcciones de piedra en la ciudad eran más costosas; tenían que romperlas y dejarlas lisas, para ir colocándolas de forma escalonada. Utilizaban mezclas más elaboradas para unirlas y, alrededor de cientos de casas de piedra, había una construcción más complicada; esta se levantaría varias alturas hasta intentar tocar el cielo.

Algunas Zetas solían ayudar a los creadores en varias cosas, como recoger agua o un sinfín de tareas.

Hubo una en concreto que Enlil vio bañarse en el río que nacía por detrás de las minas en la montaña y surcaba su isla hasta el mar; solía ir a contemplarla varias veces, hasta que al fin se acercó a hablar con ella.

Ella lo besó enseguida; no entendía la razón de que un creador le atrajera tanto, ya que les tenían mucho miedo por lo general, pero él era diferente.

Después de varios encuentros apasionados, el sexo no fue suficiente; aunque ella no era una semilla, a él no le importaba. La empezó a llamar Ninlil y fueron pareja.

Aunque Enlil y Nintu seguían teniendo encuentros sexuales, estaba en conocimiento de todos los semilla y era algo habitual.

Un día, Enki le propuso a Enlil salir a cazar, no porque lo necesitaran, sino para pasar más tiempo juntos y vivir así una aventura interesante.

Algunos meses salían a cazar juntos; se convirtió en una costumbre y, de vez en cuando, pasaban la noche solos delante de un fuego.

Pero ese día no fue muy emocionante; encontraron una manada de bisontes y Enki trató de acertar a uno en dos intentos con su arco sin suerte, ya que huían con facilidad. Al final, pudieron localizar uno de ellos más débil; tenía una herida en un costado y cojeaba. Entre Enlil, con una honda lanzándole piedras, y Enki acertando ya un par de flechas, consiguieron poder cazarlo. Con unos bisturís de la nave hicieron un trabajo arduo, pero consiguieron lo que buscaban: desollar el animal.

Al ser la primera vez, no les quedó bien; tendría que salir todo en una pieza, pero en este caso estaba lleno de agujeros.

Sabían cómo cortar el animal; se dieron un banquete esa noche improvisando con unos troncos y ramas para poder asarlo al fuego.

La naturaleza es muy sabia y, por alguna razón, la mejor forma de curtir la piel es cocerla en los sesos del propio animal.

Volvieron un día, después de su experiencia, sucios y agotados; tendrían que aventurarse con más frecuencia para mejorar en la vida.

Unos años más tarde, Anu podía ir viendo sus sesenta años cumplidos y la ciudad estaba casi acabada; fue muy complicado construir la estructura del centro y muchos Zetas murieron.

Se trasladaron a la ciudad a vivir todos, menos Anu y Nammu.

En unos años, Enki y Nintu acabarían teniendo tres hijas: Nindurara, Nimmu y Utau.

Su hermano Enlil tendría también con Ninlil un hijo llamado Nannu, que sería el primer nacimiento natural de lo que acabarían llamando humanos.

Con el paso del tiempo, todos los Zetas también acabaron viviendo en la ciudad de piedra; Enki y Enlil la dirigían.

Había cosechas, ganado, pesca, constructores, cazadores e incluso guerreros que protegían la ciudad.

Los minotauros se limitaban a estar cerca de los dos accesos a la ciudad, y los grifos hacía años que nadie los veía; seguramente estarían muertos.

Los dos hermanos se dedicaron a instruir a diez Zetas para que ellos llevaran la ciudad algún día, cada uno encargándose de un cometido diferente y reuniéndose con frecuencia para decidir qué recursos eran necesarios en cada caso concreto.

En ese momento, se podía vivir allí con quizás algún altercado, pero se iba aprendiendo de cada situación.

Siempre había heridos, violaciones, robos, envidias y cientos de cosas más, pero no se supo cómo resolverlo hasta muchos años más tarde.

9

Luz y sombra

Mientras tanto, en la nave, Anu, ya en una edad avanzada, decidió activar el proyecto semilla 2. De los diez cuerpos que había en las cápsulas, cinco machos y cinco hembras, solo sobrevivieron al descongelamiento seis: Zeus, Poseidón, Hera, Horus, Anubis y Atlas.

Los instruyó Gaia, como había hecho otras veces, mientras la ciudad seguía distribuyéndose en esos años, perfeccionando su organización de los habitantes.

Los diez mandatarios formaron un gobierno con directrices simples pero efectivas; con la ayuda y orientación de Enki y Enlil, todo parecía ir en su cauce.

Los semilla seguían siendo más importantes que los Zetas, pero con el paso de los siglos acabarían siendo solo leyendas de boca en boca.

Una noche sonó una alarma estridente y Anu fue al encuentro de Gaia. Esta le informó que la sonda había regresado con nueva información.

Tardó tantos años en regresar porque atravesó gran parte de la corteza terrestre y salió por una zona desconocida; su alcance de datos era incompleto.

Parece ser que existía una gran zona hueca dentro del planeta, con aire respirable y agua.

—Es muy interesante esta información y voy a tomar medidas sobre ello cuando tenga claro cómo procesarlo —afirmó Anu.

Pasaron los meses. Anu explicó a sus hijos que dejaran la ciudad en manos del comité que habían preparado.

Un nuevo proyecto caía en sus manos: necesitaban reclutar a veinte Zetas e ir a explorar cuevas.

—Formad cuatro grupos de cinco e intentad examinar todas las cuevas que veáis —ordenó Anu—. Os he concretado una que tiene más posibilidades de ser lo que busco, pero igual necesitáis explosivos para poder acceder.

Salieron los veintidós a la misión, preparados con machetes, linternas y provisiones, mientras que nuestros dos queridos semilla tenían en su poder brazaletes similares a los de sus padres.

Realizaron una primera exploración en cuatro grupos a cuatro cuevas diferentes. Enki lideraba un grupo de cinco y Enlil el otro. Los otros dos grupos iban solos, con instrucciones de matar cualquier ser que vieran e informar al salir de allí de lo que habían visto.

Unas horas más tarde, uno de los grupos consiguió volver sin muchas novedades: esas cuevas no tenían nada interesante para extraer, solo que eran muy profundas y poco más. Seguidamente, Enlil también volvió con su equipo; solo algún incidente bajando a zonas más profundas de la gruta y vieron parte de un río subterráneo.

El equipo de Enki tuvo algo más de suerte: la cueva que marcó su padre era en parte esa y en parte la del equipo que aún no había salido. Se unían en algún momento en un laberinto de túneles que estaban a diferente altura a cada tramo; a veces tenían que andar por sitios inundados de agua y por otros tenían que escalar para poder continuar.

Cuando se hizo de noche, Enlil se preocupó por su hermano; estaban a lo lejos, con la cueva a la vista, descansando al fuego. Decidió esperar al amanecer para ir a buscarlos.

En lo más profundo de la cueva retrocedieron en varias ocasiones cuando finalizaba la posibilidad de continuar y continuaban por otro nuevo tramo. Estaban ya agotados y tuvieron la necesidad de parar y comer algo. Encontraron un tramo bastante ancho que tenía corriente de aire por unas grietas en la parte de arriba.

Se durmieron todos menos un Zeta que hizo guardia. Al despertarse vieron que este desapareció sin dejar rastro y sin que nadie se percatara de ello.

Los Zetas plantearon a Enki salir de la gruta y buscar ayuda, pero este quiso continuar. Se prepararon para cualquier cosa y continuaron por el camino establecido, llegando a una pendiente hacia abajo que estaba desgastada por el medio, y fueron bajándola con cuidado.

Llegando al final, empezaron a escuchar borbotones de agua y pronto vieron una cascada que acababa en un depósito de agua bastante profundo.

En ese momento fueron atacados por cuatro Deltas con garrotes de madera; dos acertaron en la cabeza a dos Zetas de forma mortal y los otros tres pudieron reducir a uno y matarlo. En el caso de Enki, era el más alejado y apuntaba a uno de los Delta sin que este moviera un músculo; reconocía ese brazalete. Los dos enemigos que eran más jóvenes fueron a por Enki con un resultado fatal para ellos, quemándose por el rayo que les lanzó.

Una vez que solo uno de ellos seguía con vida, lo interrogaron: parece ser que mataron a otros cinco compañeros Zetas y al que hacía el turno de guardia. Les estaban esperando para matarlos.

Sin mover un músculo, Enki pensaba en silencio qué hacer; tenía un rehén, un enemigo aparentemente similar a él —o al menos a un Zeta—, el cual esperaba saber su destino y estaba en sus manos. Antes de articular palabra, dudó y… Un rayo emergió de la oscuridad matando al Delta: era Enlil, que los había encontrado, y ahora que se habían reunido de nuevo, eran diez para poder afrontar la nueva situación.

—Tenemos que hablar con padre. Él sabrá qué hacer —propuso Enki.

—Si nos vamos, quizá les perdamos el rastro —opinó Enlil—. Si están aquí refugiados, hay que acabar con ellos; seguramente son creaciones de Padre y Madre anteriores a nosotros. No creo que sea conveniente un enfrentamiento si se organizan y atacan la nave.

—Si te parece, hacemos un reconocimiento rápido de los alrededores y al menor síntoma de peligro nos replegamos y nos vamos de aquí.

—Estoy de acuerdo. Y esta vez no nos separaremos.

Los Zetas andaban por delante y por detrás del grupo; se limitaron a observar esa zona que disponía de acceso a agua potable. Parecía que solían pescar allí, y la zona del techo estaba bastante alta, algo más que la altura de la cascada.

Continuaron por un pasillo ancho y empezaron a observar grandes insectos en la parte de arriba. Más adelante se vio algo de luz, pero no era de antorchas ni de sus linternas.

Entraron al principio de una gran llanura, lo cual les extrañó bastante: tendrían que estar muy por debajo del nivel del mar en ese momento.

En un descuido fueron atacados por una gran ave que aterrizó sobre ellos; agarró a Enki con una de sus patas y a un Zeta con la otra, y destrozó a otro Zeta con su pico, cogiéndolo y agitándolo bruscamente.

Inició un intento de salir al vuelo otra vez con sus dos víctimas y, a cierta altura, Enlil disparó un rayo matando al ave, que planeó torpemente estampándose contra el suelo.

Pudieron sobrevivir los dos, pero estaban con ciertas heridas por las garras.

Decidieron volver hacia atrás; allí había un mundo por explorar; se veía grande, pero no inmenso. Seguramente allí estarían los Deltas y Épsilones viviendo.

Unos días después llegaron a la nave; el Zeta herido al final murió. A los otros siete les recompensaron por el riesgo vivido esos días: les equiparon con armaduras algo similares a las suyas y espadas toscas de cobre que empezaron a forjar.

Le expusieron todo lo sucedido a sus padres; estos, sorprendidos, consultaron los datos que envió la sonda y coincidía con lo relatado. Parece ser que hay una zona subterránea con luz propia, seguramente por un mineral que, en la parte superior, tiene fauna, vegetación y accesos subterráneos.

Unos años más tarde no hubo más conflictos con los Deltas. Los semilla que estaban instruyéndose ya estaban finalizando su proceso y pronto tendrían su primera misión.

Los semilla Enki y Enlil comenzaban a tener más responsabilidades y organizaron una serie de planes para distribuir Zetas y repoblarlos. Se necesitaba mucha energía, y Gaia cada vez fallaba con más frecuencia, pero en varias tandas logró crear cien Zetas más. Mientras tanto, algunos Zetas llevaban años construyendo dos poblados bastante grandes, a mucha distancia unos de otros, para redistribuir a la población cuando la misión de Anu se iniciara. Una vez acabados los poblados y creados los Zetas, empezaron los pasos de la misión.

El semilla Poseidón tenía el pelo y los ojos azules; se especializó sobre todo en navegación, astronomía, biología marina, buceo y pesca, e ideó una mejora para un barco, con un pequeño motor que se cargaba con un diamante. No era muy potente, pero para cuando no hubiera viento valdría.

Le encargó llevar tres barcos y veinte Zetas y tomar tierra; una vez establecido un campamento, rodear dicho continente y buscar nuevas rutas para explorar.

El semilla Zeus tenía el pelo blanco y los ojos grises. No había logrado ser muy dado a los libros, pero se convirtió en un gran guerrero, un buen estratega que sabía dar órdenes, sacar el máximo potencial de sus compañeros y le encantaba usar su brazalete con descargas eléctricas. Se encargaría de ir con veinte Zetas y con Hera a visitar el territorio hueco del planeta.

La semilla Hera tenía el pelo y los ojos negros; se centró en valores familiares, psicología, caza, cocina y costura. Acompañaría a Zeus en su misión y también sería su pareja.

El semilla Horus era rubio, con ojos marrones; se formó militarmente para organizar equipos de soldados, gestionaría armamentos, protocolos de respuesta, guardias, formaría al futuro ejército que planeaban crear y enseñar. Se iría desplazando por los poblados para formar a soldados y, con el tiempo, se construirían fuertes para tener defensas coordinadas.

El semilla Anubis tenía el pelo negro y los ojos blancos; planteó un sentimiento de duelo al fallecer un ser querido, y vio conveniente que una ceremonia fuera necesaria para despedirse y levantar ciertas edificaciones —pequeñas o grandes— en su nombre, para recordarlos según su importancia.

Para que los seres inferiores respetaran a los semilla al fallecer y vieran que son seres mortales, ideó un plano en el cual se ascendía al morir y, en ese plano, se te juzgaba según tus decisiones en la vida.

Creó la vida después de la muerte para que los seres racionales se forzaran a ser buenas personas y no cometieran delitos.

Se quedó en la ciudad y prosiguió con su filosofía e intentó plasmar escritos de su especie encontrada en la nave, en textos que pudieran estudiar los Zetas algún día.

El semilla Atlas era pelirrojo, con los ojos verdes; tenía un gran ego y decidió proclamarse rey en uno de los poblados. En contradicción con las órdenes de Anu, se estableció ajeno a las ventajas de la nave. Solo un brazalete para levitar objetos; no entendían muy bien con qué objetivo, pero así se le hizo.

Por último, Enki, Nintu y Enlil se quedaron en la nave.

Anu, que ya estaba muy mayor, inició los planes ya descritos y, de forma organizada, todos cumplieron su cometido... a su manera.

10

Vida y muerte

En ese momento estaban ocurriendo diversos sucesos importantes y Anu, que llevaba un tiempo pensándolo, hizo a Nammu y Gaia una propuesta.

—Mi tiempo en este mundo pronto llegará a su fin; tengo claro que en mis últimos años sufriré más deterioro físico y mental. Me gustaría poder hacer algo al respecto. ¿Hay alguna forma de prolongar la vida sin alterar la consciencia?

—Por lo que yo sé, no se puede —respondió Nammu—. Quizá se pueda transmitir tu esencia a un clon tuyo, pero nunca lo he probado.

—Sí es posible —intervino Gaia—, pero no sé lo que ocurrirá con dos Anus vivos. Me refiero a que seáis conscientes de lo que vais a proponer, por si existen actos de violencia después entre vosotros.

Anu sonrió con ese comentario; Gaia lo conocía muy bien.

Estudiaron las opciones y descartaron los clones; finalmente, plantearon una opción más sencilla e igualmente efectiva. Usaron dos semilla 3, una pareja joven, para transferir a Anu y Nammu a nuevos cuerpos.

Este proceso lo llevó a cabo Nintu con la ayuda de Gaia y fue todo un éxito: despertaron al semilla y, en pocas horas de rehabilitación, empezaron a hablar y a ser conscientes de quiénes eran.

Ahora Ra y Mut, que así se llamaban sus cuerpos, se vistieron con otro tipo de armaduras, se grabaron su marca en el hombro, se armaron con otro brazalete y organizaron un barco para ir al continente más cercano con algunos Zetas, en concreto al que ya estaba recorriendo Poseidón.

En ese momento coincidieron con Horus y Anubis en la nave, por lo que decidieron acompañarles.

Salieron a la playa a despedirlos; la ironía de Anu al decir adiós a sí mismo fue bastante curiosa, y para Nammu era aún más extraño.

Unas semanas después tuvieron la visita de dos Zetas en la nave; venían de la expedición de Zeus y consiguieron matar prácticamente a todos los Deltas.

Parece ser que los Épsilones no se encontraban allí; solo había uno que los lideraba.

El lugar prometía ser un buen refugio, por lo que propusieron a Enki y Enlil establecer allí un poblado. A Enki no le pareció interesante una vez estuvieran muertos sus enemigos, pero Enlil sí le pudo la curiosidad.

Prepararon otra expedición con otros tantos Deltas para volver allí otra vez; quién sabe lo que encontrarían. Antes de partir, Enki preguntó dónde estaba Zeus, y estos respondieron que había sobrecargado su brazalete al máximo; al final explotó, matando a gente de ambos bandos.

Se marcharon y, con ellos, cada vez había menos semillas en la nave. Nammu estuvo hablando en varias ocasiones con Nintu de que pronto tendrían que dejar esas instalaciones; podría fallar o explotar algún día y pocas mejoras se podían hacer para generar energía.

Una mañana, Nintu invitó a Enlil a dar una vuelta por el bosque, simplemente por el placer de hacerlo. Hablaron de intentar proseguir con sus vidas lejos de Anu, quizá algún día tener una familia.

Lo hablaron con Anu, y él vio en sus rostros que necesitaban encontrar su propio camino; les dio su bendición y procuró que no se arrepintieran.

Prepararon un barco, llevándose semillas, herramientas, provisiones, y se marcharon. Cerca de sus noventa años, Anu empezó a preparar su despedida de este mundo: vació la biblioteca y ordenó a algunos Zetas que llevaran los libros a la ciudad de Atlas, a la vez que diversos objetos, minerales, metales y partes útiles de la nave que pudieran necesitar. Volvió a la ciudad cercana por última vez y se paseó por sus calles; vio a los niños jugar, zonas de las murallas que estaban reforzando, cultivos muy productivos y, en general, los habitantes que eran ya libres sin saberlo.

Se reunió con el comité que formaron sus hijos y vio que, excepto uno que tuvieron que juzgar por aprovechar su posición en su beneficio, eran bastante funcionales.

Tenían una idea que faltaba pulir, pero parecía muy útil: una serie de normas que iban a escribir en piedra, no demasiadas, unas diez. Los diez mandamientos.

Volviendo a la nave encontró a Atlas, que le estaba esperando; se abrazaron, aunque tuvieron problemas en el pasado.

Le agradeció contar con él para guardar y transmitir los libros. Le ofreció cuatro Zetas que tenía de escolta para protegerle a él y a Nammu, ya que se encontraban muy solos allí, y se marchó.

Entró en la nave por última vez y descansó unas horas; recuperó fuerzas e indicó a Nammu que se dirigiría con los Zetas a buscar a Enlil en la zona hueca.

Ella asintió, pero no le acompañaría esta vez; se quedaría en la nave.

Preparó la expedición y, por suerte, tenía la escolta de Atlas, ya que estaba delicado para escalar a estas alturas de la vida.

Fue una jornada bastante dura para Anu, pero consiguieron llegar al camino adecuado; teniendo en cuenta que ninguno de ellos había ido jamás, tuvieron suerte: había dos guardias a mitad de camino.

Al ver la luz al entrar en la zona desconocida, Anu se ilusionó como si fuera un niño; no pensó que ese lugar fuera tan hermoso; ojalá pudiera haber llegado muchos años atrás.

Los árboles eran algo extraños: las hojas no eran planas, sino hilos gruesos verdes; los troncos llenos de líquido por dentro, aparentemente algo amargo, pero se podía beber.

Destacaría sobre todo arbustos y setas bastante grandes; pero sí, bastante vegetación pudo observar.

Vio a unos animales alados enganchados a las paredes durmiendo, y lo que más se podían ver eran insectos bastante grandes que pastaban como los uros el césped amarillento que había por allí.

Las piedras del paisaje eran negruzcas, con algunos bordes brillantes.

Después de la travesía por el terreno inhóspito, llegaron al poblado; vio claramente la zona donde explotó Zeus; seguramente usó demasiado el brazalete, le parpadearía y, sin hacer caso omiso, tendría una sobrecarga.

Estaban arreglando algunas casas y limpiando el lugar de cadáveres, quemándolos en una zona alejada. Unas horas después, se percató Anu de que Enlil no daba señales de vida y nadie le informó de dónde estaba.

En el momento en que se lo preguntó a uno de los guardias, Anu cayó al suelo por un golpe seco.

Se despertó atado a un tronco que estaba con las ramas cortadas; a su lado estaba Enlil, que parecía inconsciente y lleno de heridas de hace bastante tiempo.

Un Épsilon apareció; tenía una cicatriz en un lado de la cara y se puso delante de Anu.

—Estás muy mayor para estas travesías, «creador» —le dijo el líder—. No tendrías que haber venido a este lugar. Es nuestro hogar. No pintas nada.

—No sé a qué estás jugando, pero suéltame ahora mismo o atente a las consecuencias —contestó Anu.

—¿Cuáles? El brazalete ya te lo hemos quitado y ahora lo usaré contra ti.

—Antes explícame cómo les has convencido para unirse a vosotros, porque ahora estoy viendo que hay Zetas entre vosotros, además de Deltas, y tú eres un Épsilon.

—Pues no demasiado me hizo falta; fueron fieles a tu causa hasta que tu hermano hizo explotar su arma. Una vez nos recuperamos de la explosión, empezó el diálogo e intentamos atraeros a una trampa. Ahora morirás.

El líder extendió el brazo, se iluminó la punta y se escuchó un zumbido cada vez más alto.

—Por cierto… solo yo puedo usarlo —comentó Anu.

El líder y Anu murieron al explotar el brazalete. Enlil despertó del susto y observó a su alrededor, imaginándose lo que había ocurrido.

Los que seguían al líder no sabían qué hacer; los dioses habían demostrado una vez más que son superiores, así que soltaron a Enlil y le devolvieron su brazalete.

Le curaron las heridas y le dieron algo de comida; una vez calmado, los reunió a todos en la plaza aún por reconstruir.

—Os agradezco que me hayáis soltado —afirmó Enlil—. Espero que hayáis tenido una buena vida aquí, pero ha llegado a su fin...

Los más alejados empezaron a correr, y Enlil, levantando el brazo, disparó a la zona alta de aquel lugar, donde algo emitía luz de una forma que aún no entendía.

Explotó la cúpula y cientos de rocas cayeron abajo, matando a todos los presentes, incluido Enlil.

En la nave, Nammu, que estaba enferma desde hacía tiempo, se veía sola; no quería terminar de esa manera, pero agarró un cuchillo y se cortó el cuello.

En ese momento, Gaia disponía de 60 % de energía y, al contrario de las órdenes de Anu, tomó iniciativa propia por sus protocolos de misión. Al no haber una semilla encabezando la misión, era libre de priorizar decisiones contrarias a las dadas por Anu antes de marcharse.

Fue el momento de iniciar el proyecto semilla 3. Despertó a dos, un macho y una hembra. Una vez vestidos en la sala de aprendizaje, Gaia se presentó a sí misma como su creadora y les iba a mostrar la vida que podrían tener fuera de ese lugar cuando estuvieran preparados. Les dijo que eran seres únicos venidos a este mundo a liderar una misión denominada proyecto semilla. Tendrían más compañeros en el momento adecuado, pero primero tenían que prepararse ellos para liderarlos.

Pasaron los años y nuestros nuevos protagonistas tomaron conciencia de su situación, se prepararon para su misión de una forma muy concreta y diseñaron un navío extraordinario para una gran travesía que, en algún momento, sucedería con sus compañeros que pronto despertarían.

El semilla Vira era de baja estatura, pelo y ojos oscuros, y la piel algo más oscura que los semilla anteriores.

La semilla Concha, muy similar a su hermano, pero tenía el pelo rizado.

Llegó el día que necesitaban más energía: Vira y Concha, los que liderarían la sala 3, unieron lazos con la ciudad cercana donde Atlas reinaba y pudieron conseguir más diamantes para la nave.

Una vez al 100 % de energía, intentaron despertar a los ocho semilla restantes, pero solo cuatro soportaron el proceso y se instruyeron durante algunos años.

Preparando la partida final, Vira y Concha se tatuaron el mismo símbolo en el hombro que sus hermanos; a Gaia le pareció una forma de seguir los pasos de Anu.

El semilla Cherwit era muy robusto, tenía el pelo y los ojos castaños.

La semilla Utset tenía un aspecto que llamaba la atención: tenía el pelo dorado y los ojos claros, pero su piel era muy oscura.

El semilla Nagaitcho tenía un aspecto muy tosco; parecía mucho mayor de lo que era. Sus ojos y cabello también eran oscuros como la mayoría de sus hermanos.

La semilla Manisar tenía el pelo castaño y los ojos azules.

Gaia procuró priorizar enseñanzas concretas a cada uno de ellos; como dijo Anu en su momento, era más preciso dividir el conocimiento para tener éxito en la misión.

Se diseñaron armaduras algo más robustas que las anteriores y solicitaron armas con habilidades concretas para demostrar su poder a posibles seguidores.

Vira fue a despedirse de Atlas en la ciudad; como en anteriores visitas, pidió audiencia en la entrada. Solo un minotauro seguía vivo, y no tardaron en acompañarle uno de los ciudadanos al encuentro de Atlas.

Vira le explicó la expedición que iban a realizar y si tenía voluntarios para la misión que pudieran acompañarle.

—Dirígete a las minas —le pidió Atlas—. Allí seguro que podrás reclutar a exploradores.

Vira le dio las gracias y abrazó al que podría ser un familiar de sangre que no volvería a ver en su vida.

Se dirigió a las minas y aquello estaba algo desolado; quedaban pocos habitantes y, con suerte, pudo reclutar a veinte que les ayudarían en la misión. Los Zetas tenían la certeza de que era la voluntad de Anu la que iban a realizar, por lo cual irían sin dudar lo más mínimo.

Los seis semilla y los veinte exploradores de las minas partieron al nuevo mundo, al otro lado del océano, con la embarcación llena de provisiones.

11

Bola de luz

Unos años después, al oeste del continente donde nació Anu, Ra finalizaba uno de sus proyectos con el nuevo poblado cerca de un río, en una zona mucho más alejada de lo que tenía en mente.

Construyeron las casas con ladrillos ligeramente diferentes a los usados en otras ocasiones, más sencillos, pero igualmente efectivos.

Tenía pensado levantar templos representando a ciertos semillas; ese proyecto lo llevaba Anubis y avanzaba con gran rapidez.

Pudieron comunicar el río con el poblado a través de unos caudales que excavaron y así facilitar un acceso al agua más sencillo.

En los cultivos, algo similar con piedras para frenar o drenar el agua si fuera necesario, según la necesidad.

La vegetación era abundante, un paraíso, lo más bello que vio Ra en toda su existencia, y tuvo la sensación de que tenía algo a medias que debía concluir antes de proseguir en ese lugar.

Le comunicó a Mut que volvería a la nave para finalizar algunas cosas; volvería en menos de un año, con suerte.

Ella estaba embarazada por segunda vez y era muy feliz; esperaba que regresara lo más pronto posible.

Dispuso una embarcación y algunos Zetas le acompañaron. Poseidón ayudó a construir un puerto para poder embarcar de una forma más sencilla.

Se dirigieron allí directos, sin hacer ninguna escala. Al llegar a la costa, Ra se fue directo hacia la nave; los Zetas tuvieron tiempo de visitar la ciudad para intentar intercambiar cosas de su nuevo hogar.

Por fin llegó a la nave, y estaba la puerta cerrada como otras veces. La activó, y esta abrió con dificultad; se quedó algo encajada, pero pudo pasar al final.

Todo el interior estaba a oscuras; se veía algún punto leve de luz cada pocos metros y no parecía que funcionara nada. De hecho, ni nombró a Gaia; simplemente se desilusionó con el aspecto de la nave; lógicamente se había quedado sin energía.

Se llevó un susto al ver el cadáver de una hembra; parecía Nammu, pero no entendía por qué había muerto de esa forma y en ese lugar.

Se tomó la molestia de cavar una fosa donde estaban enterrados los otros semilla y la enterró allí. Cuando por fin llevó su cuerpo envuelto en una tela y lo dejó dentro del foso, se quedó mirando a su alrededor. Se dio cuenta de que nadie estaba presente en esa muestra de afecto hacia Nammu; el enterrarla realmente no le parecía algo necesario, simplemente era un homenaje a ella.

Salió fuera y pensó en ir a la ciudad que tanto les costó idear y construir, pero eso ya no era suyo; era de los Zetas.

Se acercó al depósito de minerales, intentó encontrar algún diamante más por si lo necesitaba, pero no hubo suerte.

Se dirigió a donde solía ponerlos encima de un espejo para que les diera el sol, estaba lleno de tierra, pero con algo de paciencia dio por fin con uno extraviado; por su aspecto llevaba allí años y estaría bien cargado.

Entró otra vez a la nave y se adentró en la sala donde realizó las placas de oro; estaba todo echado a perder, el oro estaba por el suelo a trozos y los diamantes que pudo encontrar por allí carecían de energía.

Sí que pudo darse cuenta de que la nave estaba en servicios mínimos; no llegaba a estar apagada del todo, había sistemas vitales que sí funcionaban.

Pudo montar una placa y colocó el diamante cargado; tardó bastante, pero se volvió a activar la nave. Ra preguntó a Gaia si la oía. Ella le dijo que sí y, al instante, comenzó a apagar sistemas secundarios para dejar lo mínimo encendido.

—¿Por qué razón has vuelto? —preguntó Gaia—. ¿Ha fracasado tu misión, Anu?

—No ha fracasado, todo ha seguido según los términos, al menos de lo que tengo constancia —intervino Ra—. He vuelto a hablar contigo por última vez y he visto que no hay nadie usándola. Voy a hacer explotar la nave para que no caiga en malas manos. ¿Qué ocurrió con los semilla 3? ¿Llegaron a marcharse?

—Sí —respondió Gaia—. De hecho, hace un año se fueron, pero acabaron siendo muy diferentes a lo que tenías en mente. Dio varios errores el proceso de descongelamiento y, aunque parecían sanos, no estoy segura de qué alteraciones tenían; la nave sufre problemas de energía, como ya sabes. Se marcharon con otros Zetas en el momento apropiado y no tengo más información.

—¿En la ciudad de piedra les va bien? ¿Han vuelto por aquí en algún momento?

—Han venido a intentar entrar, pero no han tenido éxito, ya que dejaste fijado que solo los semilla podían abrir la nave.

—Solo quería decirte que ha sido un placer seguir tu guía y, en cierta forma, siempre serás parte de nuestra historia, parte de este planeta.

—Estoy programada para ello; solo lo he realizado de la mejor forma posible. Pues voy a activar la sobrecarga en breve; te doy diez minutos para recoger algo que te sea de utilidad; espero que no haga una gran explosión. Adiós.

Entonces Ra dio un rápido vistazo a todas las salas; la nostalgia le recorrió todo el cuerpo cuando recordó su despertar en aquel lugar y cómo aprendió a ser quien es hoy en día.

Llenó un par de mochilas que pudo encontrar allí de ciertas cosas útiles que no recogió en su última partida; vio los auto-cultivos secos, la piscifactoría prácticamente sin agua y llena de moho, en fin, un panorama muy triste.

Al salir de la nave, tuvo la sorpresa de encontrarse con algunos Épsilones que le estaban esperando; al tener la puerta abierta y sin sistema de seguridad, cuatro de ellos entraron dentro sin que Ra lo impidiera, y dos de ellos lo amenazaron con unas lanzas en el cuello. En esa situación Ra tenía claro que en breves momentos la nave explotaría y necesitaba una distracción para salir corriendo.

—Si no entráis pronto, vuestros compañeros se convertirán en dioses y no podréis hacer nada por evitarlo; os matarán y destruirán vuestro poblado.

—¿Qué quieres decir? —preguntó Épsilon.

—Dentro hay armas muy poderosas, pero solo hay dos; podrían ser para vosotros y podríais liderar a los Épsilones, solo tenéis que entrar y ordenar a Gaia que os dé un par de antebrazos como el mío.

Los dos Épsilones se miraron durante un rato y entraron en la nave juntos sin dudar.

En seguida, Ra salió corriendo de la nave y no paró en ningún momento hasta que empezó a escuchar un gran zumbido; una luz blanca fue agrandándose en una bola alrededor de la nave y Ra seguía corriendo.

Explotó, atrayendo un instante los objetos a sí misma y luego empujándolos en todas direcciones.

Tumbó a Ra en el suelo con la onda expansiva y lo dejó inconsciente un rato.

Al despertar, aún estaban los animales algo alterados y empezaban a caer trozos de ramas de la explosión del cielo.

Empezó a temblar toda la tierra; unas grietas se formaron por toda la isla y el agua fue llenando los nuevos surcos. Donde ahora se deslizaba, el agua era muy profunda y llegó a resquebrajar el suelo marino hasta dar con una zona volcánica.

En unas horas se llenó de agua y se fue apagando poco a poco, sin más problemas. Buscó una zona tranquila cerca para encender un fuego; había encontrado unos roedores afectados por la explosión y se dispuso a limpiarlos para ponerlos al fuego.

Mientras pasaba allí la noche solo, una luz apareció en el cielo, algo diferente; se movía de forma irregular, deceleraba y aumentaba su velocidad a placer.

Se posó encima de Ra para luego ir descendiendo poco a poco y aterrizar a su lado.

Era un vehículo en forma cónica, inmensamente grande, con ventanales a diferentes niveles; su color era amarillo oscuro, se veían tres luces a su alrededor y una más potente en la parte inferior.

Parecía tener armas en la parte superior, algún tipo de cañón de energía.

Salieron de allí dos ocupantes a tierra firme por una rampa desde la parte de abajo; eran similares a Ra, pero, como ya le avisó Gaia, algo más grandes en proporción a su tamaño. Le disparó uno de ellos en la cabeza y, al caerse, se quedó flotando en el aire; lo transportaron dentro de la nave.

Despertó en una litera algo sucia; se incorporó y, para su sorpresa, era un lugar gris, lleno de cables, charcos por los pasillos y brotes de vapor intermitentes.

Empezó a caminar buscando algún ocupante y estaba sorprendentemente vacía de gente. Los pasillos rodeaban la nave y daban al exterior; se podía ver la hoguera de Ra desde las ventanas.

Cuando por fin logró dar una vuelta completa al pasillo sin llegar a ver nada más que la sala donde despertó, llena de camillas, comenzó a preocuparse por salir de allí o por la razón de su captura.

Se fijó más detalladamente en las instalaciones; el pasillo tenía las paredes llenas de partes de la nave; seguramente alimentaría el motor de la parte de abajo, sería parte de la refrigeración del mismo, del sistema de alimentación de oxígeno o cualquier parte vital de la nave.

Era un lugar tosco, aceitoso y no se veía estilo por ninguna parte; solo era funcional y poco más.

Comenzó a escucharse un sonido de poleas estridente y Ra fue a su encuentro.

Un punto del pasillo que daba al interior de la nave comenzó a bajar; era un montacargas sin puertas y las partes de su motor estaban a los lados de la cabina; si te descuidabas, podías perder un brazo.

Una vez subido en él, comenzó a subir y en ese momento se dio cuenta de que una cámara que estaba en el pasillo estaba apuntando al montacargas, por lo que lo estaban observando.

Por la cantidad de niveles que fue subiendo, supuso que acabó en la parte de arriba del todo: la cabina central. Sí que pudo observar que eran muy diferentes cada pasillo que observaba mientras iba subiendo de forma tan lenta y tosca.

Al llegar, salió al pasillo y un ser le estaba esperando.

Se dejaban ver más sus rasgos que los compañeros que salieron a buscarle; tenía, al parecer, un tono de piel de color carne similar al suyo, pero mucho más claro, los ojos azules y el pelo rubio.

—¿Cómo te llamas? —preguntó Poi.

—Mi nombre es Ra. ¿Quiénes sois? Necesito saber qué vais a hacerme y de dónde venís.

—Pensaba que eras más inteligente; hablamos el mismo dialecto y somos muy similares, eso tendría que darte pistas. Primero te vamos a hacer un reconocimiento médico e interrogarte; después tendrás las respuestas que buscas.

Pasaron unas horas mientras le hacían todo tipo de pruebas; la forma de realizarlas le extrañó mucho a Ra, ya que no veía ningún sistema similar a Gaia; todas las pruebas se las hacían sus visitantes.

Esperando el resultado de todas las pruebas médicas, miraba por una de las ventanas y se dio cuenta de que las tres luces que vio antes no eran de la nave, sino tres objetos bastante grandes que flotaban alrededor de la misma, dando vueltas muy despacio.

El visitante que llevaba su caso se acercó de nuevo y le invitó a que le acompañara a la sala de interrogatorios.

Lo sentaron en una sala metálica, con una mesa y asientos también de metal; siempre teniendo en cuenta que parecía un ser bajo, sus instalaciones eran algo bastante cómico. Se sentó Poi enfrente y una hembra en un lateral de la mesa, que se limitaba a redactar un informe mientras ellos hablaban.

Se interesó Poi por todo lo que había ocurrido desde que despertó en la nave semilla y por qué razón explotó la misma, activando así la baliza de emergencia.

Estuvo un rato en silencio, pero al final abrió la mochila y sacó algo que siempre pensó que le sería útil.

La guía que usó Utu para contar su aterrizaje de emergencia y lo acontecido después.

En su momento, Anu redactó un resumen de lo sucedido después como un diario, lo cual venía ni hecho aposta para esta situación.

—Lo tienes todo ahí escrito, o al menos bien resumido. Creo que bastará con eso para que estéis satisfechos —le explicó Ra.

El visitante lo estuvo leyendo; mientras lo hacía, tachaba texto que no era importante con un rotulador y, al finalizar, le dio la guía a su compañera.

—Vuelve a la litera —dijo Poi—. Allí tendrás una bandeja con comida y agua. En unas horas podrás hablar con mi superior para tus queridas respuestas.

12

Destacamento Anunaki

Despertó Ra y no estaba en la litera, sino flotando en el aire, en concreto dentro de una burbuja. Delante de ella había cinco asientos; el del medio era enorme.

Se encontraba en la sala principal; era bastante grande y con una zona espaciosa en medio donde él se encontraba.

En los asientos parecía ver al líder de la nave: era algo más alto que los demás, pelo canoso y los ojos morados.

Le acompañaban en los otros cuatro sillones diferentes visitantes: parecía un escriba, un consejero, una mujer y alguien muy joven que podría ser su hijo.

El personaje del asiento principal comenzó a hablar:

—No necesitas saber mi nombre, Ra —dijo Dios—, porque para mí no eres más que un insignificante experimento para un bien mayor. Yo tampoco soy nadie en especial en realidad; todos tenemos una labor a realizar, un objetivo y un destino a cumplir.

Procedemos de una civilización muy antigua; si te soy sincero, estamos en tantos planetas que ya no importa realmente de dónde venimos, pero el planeta donde se originó nuestra civilización es Nibiru.

Para que te hagas una idea, ningún tripulante de esta nave ha estado en Nibiru excepto mi persona.

Lidero un gran asentamiento en un planeta cercano, por lo que tenemos constancia de dónde hay planetas semilla y hacemos diagnósticos de sus éxitos o fracasos según lo vemos necesario.

Vivimos allí unos cien millones de habitantes; no somos demasiados, pero solo es una gran ciudad y el resto del planeta es muy inhóspito para la vida.

Sin embargo, vosotros tendríais que haber fundado ya grandes poblaciones de esclavos y liderarlos para nuestros propósitos. Por el contrario, habéis perdido el tiempo en proyectos estúpidos sin sentido.

—¿Es un protocolo normal que hayas venido tú en persona a este planeta semilla? —preguntó Ra.

—No, vino una nave de reconocimiento hace unos años y no fueron satisfactorios los datos obtenidos. Me interesé por este caso en concreto porque me llamaron la atención ciertos aspectos del mismo; me personifiqué en este planeta por pura curiosidad personal. Tengo doscientos diecinueve años; quizá te sorprenda, pero nuestra especie vive unos trescientos años; en tu caso, la variante semilla no soléis llegar a los cien.

—¿Esta nave por qué la veo tan distinta de la nave semilla?

—La nave semilla se envió de Nibiru directamente; los variantes semilla conviven en muchos casos con nuestra especie, pero se les considera inferiores; a nuestros ojos es similar a como ves a tus creaciones. Este tipo de nave se denomina Vimana; está pensada para uso planetario. Para poder viajar a planetas cercanos precisamos de una actualización enviada desde Nibiru; son esas esferas de luz que ves fuera, crean un campo de fuerza y amplían la velocidad generada por el motor nuclear de la nave.

—Con el estado actual de la nave, ¿se podría viajar a Nibiru o solo a planetas cercanos?

—Te puedo asegurar que no saldrías de este sistema solar vivo; actualmente disponen de naves mucho más eficientes en otros sistemas planetarios y en zonas más pobladas. Puedes pensar que eres un ser único, pero estás muy equivocado; no te hagas ilusiones de que puedas reducirnos y secuestrar la nave.

—No pretendía tal cosa, solo tengo curiosidad; solo pretendo preguntar a vuestra majestad y hacerme una idea de por qué me habéis traído aquí. Es una oportunidad única poder hablarle; es un honor conocerle y que dedique su tiempo a responder mis dudas y lo valoro mucho.

—Está bien… te escucho, ¿qué me propones, semilla?

—Este planeta no es lo que parece; creo que lo habéis subestimado. Entre otras muchas cosas, hay diamantes similares a los que usáis como fuente de energía. Contéstame una cosa… ¿cuál es la razón para que estemos los semilla aquí realmente?

—La razón principal es extraer el oro de las zonas ricas en ese metal; lo necesitamos para nuestra tecnología y es rico en este planeta. ¿Por qué lo preguntas?

—Déjame liderar la próxima expedición y esta vez no te fallaré; serás reconocido por tus superiores y mejorarán vuestra aportación de tecnología e instalaciones.

—¿Eres consciente de que tu ser está copiado del original Anu? No te informó tu nave de que ese proceso falla con el paso de los años: suelen tener problemas de identidad y, al final, acaban desquiciados; muy rara vez consiguen llegar cuerdos a la vejez.

—¿Cuánto tiempo suele durar de forma estable la copia de mente?

—Pues ahora que lo dices, de Anunaki a Anunaki, suelen ser unos ochenta años, pero de semilla a Anunaki tendrían que comprobarlo.

Un compañero de la nave apareció al rato con los datos en un informe; el líder lo leyó y bajó la vista hacia Ra.

—Parece ser que no hay precedentes registrados; a nadie se le ha ocurrido copiar un semilla en un Anunaki; tenemos un caso de un soldado que podría servirte si lo deseas. En nuestro planeta, donde lidero a nuestra civilización y represento a mi especie, uno de mis hijos quiso matarme para ocupar mi puesto; inició unas revueltas años atrás y comenzó a reclutar seguidores. Para llegado el momento atacarme desde varios puntos y tener un pequeño grupo de apoyo por si algo salía mal.

—¿Entonces qué ocurrió con tu hijo?

—Mi hijo murió y todos los que seguían su pensamiento también. Por desgracia, los hicieron prisioneros y tuve que decidir qué hacer con ellos. Mi hijo Zigurat, el mayor de los cinco que tengo reconocidos en la unión con mi querida amada, se encontraba de rodillas con la cara llena de golpes, al igual que su amada esposa y su único hijo, mi nieto. Al final, le pedí a un fiel soldado muy leal que los matara, por lo que tuve que castigarlo a él también: así es nuestra ley. Actualmente, lo tenemos en unos calabozos a bordo y pensaba soltarlo aquí.

—Entonces dices que podría usar el cuerpo de ese soldado y copiarme en él, ¿estás seguro de qué es lo que quieres?

Se quedó mirándolo y asintió con la cabeza; al instante se apagó la burbuja que cubría a Ra y cayó al suelo de cabeza.

Lo acompañaron a unas plantas más abajo y lo tumbaron en una camilla; una máquina le hizo un escáner a todo el cuerpo y continuó allí un buen rato.

Trajeron al sujeto que estaba inconsciente y lo tumbaron al lado.

Al nuevo cuerpo que iba a ocupar primero le borraron su mente para después empezar la transición de una conciencia al nuevo huésped con éxito.

A diferencia de la nave semilla, el cuerpo de Ra se quedó como un huevo vacío y el nuevo Ra tardó bastante en despertar.

Esta vez, despertó sin dolor de cabeza ni desorientación; de hecho, se encontraba muy bien y tenía las ideas claras.

Se encontraba en una habitación propiamente dicha, algo más equipada de lo que había visto hasta ahora, y le habían preparado ropa similar a la que tenía, incluyendo el brazalete. Se aseó, se equipó y buscó la manera de encontrarse con Dios para saber cuál sería el siguiente paso.

Fue a la sala principal y estaban discutiendo unos asuntos de Estado; el hijo pequeño de Dios estaba muy atento a las palabras de su padre.

Vieron a Ra de pie en la audiencia y se callaron; se dispersaron los que hablaban con él y se acercó.

—Te agradezco este regalo; me gustaría saber qué puedes ofrecerme para hacer mi misión lo mejor posible.

—Te entrego un equipamiento digno de un líder; el brazalete ya no es un arma; ahí podrás comunicarte con nosotros por si necesitas más hombres. Por el momento llegará otra nave semilla cerca de tu localización en unos días aproximadamente; podrás controlar y hablar con la nave desde el comando de tu brazalete. Aun así, te acompañarán diez miembros de mi tripulación para ayudarte en tu nueva misión.

Entonces Ra le hizo una última pregunta.

—¿Me dirías ya cuál es tu nombre?

—Mi nombre es Urano. Tiene gracia que tengas tanto interés. Los nombres que teníais impuestos en la nave semilla eran de personajes importantes en nuestra historia; de hecho, en todas las naves semilla están los mismos nombres siempre.

En ese momento a Ra no se le ocurrió otra cosa que arrodillarse y darle las gracias; se limitaron a reunirse y marcharse fuera de la nave.

Cuando llevaban unos kilómetros andados, esta despegó de forma fulminante.

El nuevo cuerpo de Ra le hacía sentirse muy poderoso; daba zancadas por el bosque como si corriera su antiguo yo o quizá más rápido.

Su aspecto se parecía bastante a su cuerpo anterior; era de pelo rubio, casi blanco, y ojos grises.

Visitaron la ciudad de Atlas; por desgracia, hubo enfrentamientos y muertes hasta que por fin dieron con la forma de dialogar con el propio Atlas, demostrando que era Anu el que le estaba hablando.

Le puso al día de todo lo acontecido: que se despidió de su viejo cuerpo y todo lo demás. Atlas usó su barco real para ayudar a sus visitantes; tenían que llegar pronto al destino que deseaba Ra y no había ningún barco apropiado disponible.

En este navío, Atlas podía usar su brazalete para hacerlo levitar; lo ponía en un punto del barco que, accionando los mandos adecuados, lo hacía descender o ascender según lo necesitara.

A los lados tenía unas alas que ayudaban a planear en ciertas ocasiones y, de esta forma, se desplazaron hasta el encuentro con el resto de sus hijos.

Algunas horas más tarde, llegaron al otro continente y vieron que había conflictos recientes; aún había fuegos sin apagar y cuerpos en el suelo.

Por supuesto, cuando Mut vio acercarse a Ra dudó un momento, pero aparte de su vestimenta, sabía que era él.

Reunió a los semilla y organizaron una estrategia cara a la nueva era que iban a vivir todos; tenían una misión que cumplir y esta vez la cumplirían.

Los conflictos vividos allí recientemente los resolvieron los propios semilla, pero Ra estaba algo harto de conflictos.

Trasladó los mandamientos que disponían en la ciudad de Atlas y los modificó, como se iría haciendo a partir de ese momento durante toda la historia en diferentes culturas y religiones:

I. Yo soy Anunaki, tu dios todopoderoso.

II. Lo que es arriba es abajo.

III. No tomarás el nombre de Anunaki, tu dios, en vano.

IV. Santificarás las fiestas en nuestro nombre.

V. Honra a tu padre y a tu madre.

VI. No matarás.

VII. No cometerás adulterio.

VIII. No hurtarás.

IX. No tolerarás pensamientos y deseos impuros.

X. No codiciarás los bienes ajenos.

—Cualquier persona creada tendrá que cumplirlo o será decapitada —dijo Ra—. Se formará un consejo de sabios para juzgar a los acusados y decidir su destino según el delito cometido.

Lo empezaron a grabar en piedra y los Zetas empezaron a reunirse en la plaza para leerlo; para cuando terminaron, un objeto se estrelló a las afueras de la ciudad, otra muestra de que eran auténticos dioses.

13

¡Proyecto semilla activado!

Se acercaron los semilla y Ra a la nave y sintieron nostalgia; era la primera vez que veían la nave con su aspecto real y esta vez aterrizó sin problemas.

El panel de brazo se encendió y solicitó el estado de la nave, estaba en perfectas condiciones y esperando instrucciones.

—Activa proyecto semilla 1; cuando estén orientados y listos, prosigue con semilla 2 y finaliza con el semilla 3 —ordenó Ra—. Los quiero instruidos lo antes posible, en menos de un año. A continuación, quiero que crees diez clones de semilla al día hasta nueva orden, ocho machos y dos hembras cada vez.

Reunió a los Zetas leales y dio instrucciones para incrementar el cultivo de alimento y la domesticación de animales para carne y leche.

Unos nueve meses después, Ra pudo ver cómo tendría que haber sido el comienzo de su existencia y para lo que fue diseñado.

Los semilla se fueron distribuyendo por otras localizaciones más alejadas, Poseidón los repartió por todo el globo con sus barcos. Con el paso de los años, decenas de miles de semillas extraían todo tipo de minerales del planeta y los dioses bajaban a unos puntos concretos donde se les entregaba la ofrenda (oro, diamantes, etc.) para que pudieran seguir con sus vidas.

Los semilla se cruzaron con los Zetas en varias generaciones, más Anunaki bajaron a la Tierra para formar familias de «dioses» en ese planeta y siempre se intentaba recuperar los míticos nombres de anteriores personajes semilla para honrarles.

Los esclavizados se acabaron llamando humanidad, estaban liderados por dioses en cada asentamiento donde recogían oro. En algún momento hubo dioses que se pasaron al bando de la humanidad y se rebelaron contra su propia especie.

Los denominados «dioses» realmente eran Anunakis nativos de Nibiru, que llegaron más tarde al planeta de Ra, que en el futuro denominarían Tierra.

Pero también los nativos del planeta de Urano, donde estaba la colonia Nibiru más cercana a la Tierra. Este planeta era Titania, en realidad era una luna de un planeta cercano, por lo que se denominaban Titanes los nativos de ese lugar.

Con el paso del tiempo acabaron refiriéndose a ellos como gigantes, pero eso sería dentro de mucho tiempo.

En varias ocasiones los dioses se tuvieron que involucrar más de lo necesario y, al morir Atlas, por ejemplo, décadas más tarde, sus hijos no pudieron continuar con el mandato de su padre porque la ciudad se dividió en tres bandos.

Un bando, liderado por su hijo Atlante, reclamaba la gran ciudad y la flota de naves de su padre. Era un personaje justo al que apoyaron la mayoría del consejo y la población.

El otro bando lo encabezaba un bastardo de Atlas, se llamaba Neptuno y le seguían casi todos los nuevos ciudadanos y poblados salvajes de las zonas cercanas.

Por último, la hija menor, Atlántida, simplemente intentó organizar una tregua y llegar a un acuerdo, pero fue violada y asesinada por su hermanastro.

En medio del conflicto, con media ciudad incendiada, una nave Anunaki hacía un reconocimiento y, sin dudarlo, destruyeron la ciudad.

Por norma general, acababan en guerra y salían perdiendo. Los dioses lo veían sencillo: matando a todos los adultos y criando a una nueva generación se acababan los problemas. Pero cada vez era más frecuente que quisieran ser libres, siempre algún sabio lograba transmitir los conocimientos escritos en piedra que el fuego y la sangre no conseguían borrar.

También muchos dioses abandonaron esa cruzada y simplemente huyeron a zonas aisladas muy lejanas de la Tierra y vivieron en paz.

Algunos crearon sus propias doctrinas, traicionando a los dioses con la misma intensidad que a los propios humanos.

Debido a razones naturales y por actos bélicos, masivos hubo varias extinciones de la humanidad.

El aumento de la temperatura fue en una ocasión necesario: había demasiados humanos en el planeta. En ese momento hubo un aumento de asesinatos, violaciones y los que no hacían nada para evitarlo se volvían cómplices de los mismos acusados.

Todo el mundo miraba hacia otro lado, solo importaba sobrevivir a toda costa. Bosques ardían por capricho, matanzas de animales por sus pieles sin alimentarse de su carne, violaban a personas de otras razas viéndolas como inferiores, ni siquiera humanas.

No había orden en las ciudades, todos eran corruptos y era hora de hacer algo.

Solo necesitaron los dioses enviar varias sondas de temperatura a los polos y que vibraran de calor; en pocos meses se empezó a notar cómo subía el nivel del mar y coincidió con una gran evaporación y una tormenta como nunca había conocido la Tierra.

El planeta lo terminaron visitando otros dioses, al parecer enemigos entre sí, o al menos codiciaban lo que tenía este planeta.

Al principio, solo afectaba a los humanos, matándolos y saqueando lo que se iba a entregar como ofrenda; al final no fue suficiente y necesitaron enfrentarse de forma directa en varios puntos del planeta.

Después de batallas por toda la Tierra y destruyendo millones de personas en los conflictos como daños colaterales de los mismos, llegaron al acuerdo de irse todos y no poder saquear más ese planeta.

Dejarían a la humanidad en paz y, como ya tenían sus templos, sus dioses y su religión según la zona del planeta, fueron transmitiéndose de padres a hijos las tradiciones.

Las religiones politeístas, con el paso de los siglos, se fueron transformando en monoteístas.

Los sacerdotes se dieron cuenta de que era más fácil manipular a los fieles con un único dios y, por poner un ejemplo, si Zeus era el más poderoso de los dioses griegos, pasó a denominarse como Dios, y el resto de dioses pasaron a denominarse ángeles. Degradaron al resto de dioses por simples decisiones prácticas.

Anexo

He leído sobre varias culturas de nuestro planeta, sobre varias religiones y el origen de las mismas. Y solo puedo pensar que todo tiene una misma vertiente, un mismo origen, una misma identidad.

Puedes ver similitudes con bastante facilidad en diferentes continentes en momentos de la Historia en los que no había comunicación (supuestamente) entre sí.

Es discutible la antigüedad de ciertos mapas porque siempre pueden ser copias de otros más antiguos, ¿quién sabe? Cada año se descubren nuevos hallazgos; cada vez somos más conscientes de dónde venimos.

Se deberían reescribir los pilares de la arqueología; los sistemas de datación ya no son fiables; traducciones hechas hace más de un siglo podrían tener ahora otros significados. Continentes inexistentes han ido apareciendo (Zelandia); lugares que hoy en día son islas podrían haber sido montañas hace miles de años.

No podemos estar seguros de nada cuando hablamos de hechos sucedidos hace millones de años; los dinosaurios, cada vez está más claro, eran aves gigantes que tienen más en común con una gallina que con cualquier reptil de hoy en día.

¿La ciudad de la Atlántida es un mito? Pues puede ser, pero lo mismo decían de Troya y la descubrieron en 1972. Por supuesto que también es posible que se haya descubierto la Atlántida y la denominemos con otro nombre.

Hay textos sagrados que aún ni se han traducido en su totalidad en sánscrito (brahmanismo), donde cuentan historias de cómo hace miles de años hubo guerras con grandes explosiones, disparos de rayos de luz que quemaban donde impactaban, gases tóxicos para matar a ejércitos y naves voladoras llamadas *Vimanas*, que serían los primeros «ovnis» conocidos.

¿Sabías que Tesla trabajó para Edison? Siempre pensé que todo trabajo tiene su mérito. Cierto es que Tesla era un genio, con decenas de inventos asombrosos que se los robaron y los han ido redescubriendo cuando les ha interesado. También es cierto que Edison sabía vender esa genialidad mejor que Tesla. Por cierto, podríais informaros sobre las Baterías de Bagdad, para ver cómo un jarrón finísimo con un cilindro de cobre y dentro una barra de hierro se usaba en la antigüedad como una bombilla usando zumo de fruta.

Un libro que me ha fascinado ha sido *La historia empieza en Sumer*, de Samuel Noa Kramer. No he plasmado mucho en esta historia el origen de Sumeria, pero sí estoy convencido de que son el origen de nuestra civilización.

Construyeron pirámides llamadas *zigurats* con ladrillos de arcilla. Existen decenas de miles de tablillas de arcilla en las cuales los escribas usaban escritura cuneiforme, donde hay infinita documentación de toda su historia y costumbres.

Por desgracia, como en otras partes del mundo, diversos sucesos bélicos y saqueos han destruido gran parte de su patrimonio, como por ejemplo las murallas de Babilonia, deidades, etc.

Me parecen de obligada lectura los libros de Charles Berlitz si os interesa la Atlántida. A día de hoy hay muchas teorías de su posible ubicación. Yo creo que sería una gran isla en medio del océano Atlántico, con una civilización similar a la romana y que fue hundida por algún tipo de catástrofe de un día para otro. Imaginaos que tuviera un gran comercio con todo el Mediterráneo o el mundo conocido; tendría que tener decenas de barcos en ese momento en las rutas mercantes cuando sucedió la destrucción de su hogar. Siendo así, los barcos comerciantes nativos de esas tierras serían los únicos supervivientes y los que dieron a conocer su existencia hasta el día de hoy.

Para finalizar, daros mi visión de a dónde nos dirigimos, para bien o para mal. Es un libro de filosofía que ha tenido adaptaciones en el cine y recientemente han hecho una serie; se llama *Un mundo feliz*, de Aldous Huxley.

En esta visión de la humanidad podemos ver cómo, ofreciendo la posibilidad de disfrutar de placer y vicios de forma ilimitada a cambio de nuestra obediencia, se establece una jerarquía más parecida a la de un hormiguero. Ser libre tiene un precio y hoy en día nos vendemos con demasiada facilidad.

Nací, crecí y moriré curioso.

Agradecimientos

A mi mujer, Katia, y a mi hija porque son mi vida.

A mi familia, en especial a M.ª Ángeles (madre e hija).

A mis amigos y cuñados. Espero que cumplan sus metas en la vida.

A Gustavo Doménech por ayudarme con el borrador del libro. Espero poder colaborar con él en el futuro.

Contacto:

David Robles Asunción:
vortice_verde@hotmail.com

Índice